京都祇園もも吉庵のあまから帖4

志賀内泰弘

JN124123

PHP
文芸文庫

○本表紙デザイン＋ロゴ＝川上成夫

もくじ

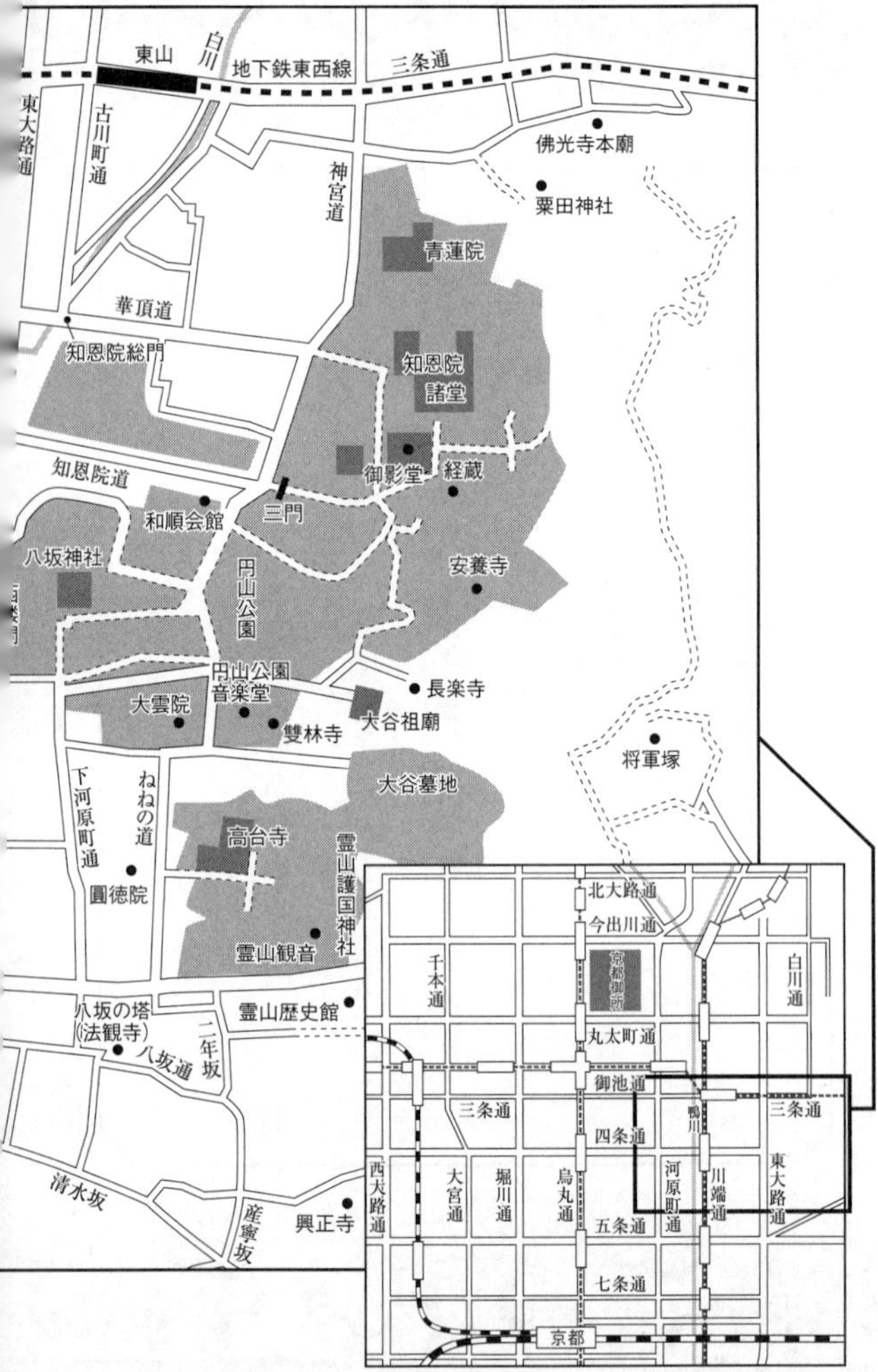
東山
白川
地下鉄東西線
三条通
東大路通
古川町通
佛光寺本廟
神宮道
粟田神社
青蓮院
華頂道
知恩院総門
知恩院
諸堂
知恩院道
御影堂
経蔵
和順会館
三門
八坂神社
安養寺
円山公園
円山公園
音楽堂
長楽寺
大雲院
雙林寺
大谷祖廟
将軍塚
下河原町通
ねねの道
大谷墓地
高台寺
霊山護国神社
圓徳院
霊山観音
八坂の塔
(法観寺)
霊山歴史館
二年坂
八坂通
清水坂
産寧坂
興正寺
北大路通
今出川通
京都御所
千本通
白川通
丸太町通
御池通
鴨川
三条通
三条通
四条通
西大路通
大宮通
堀川通
烏丸通
河原町通
川端通
東大路通
五条通
七条通
京都

祇園町付近図

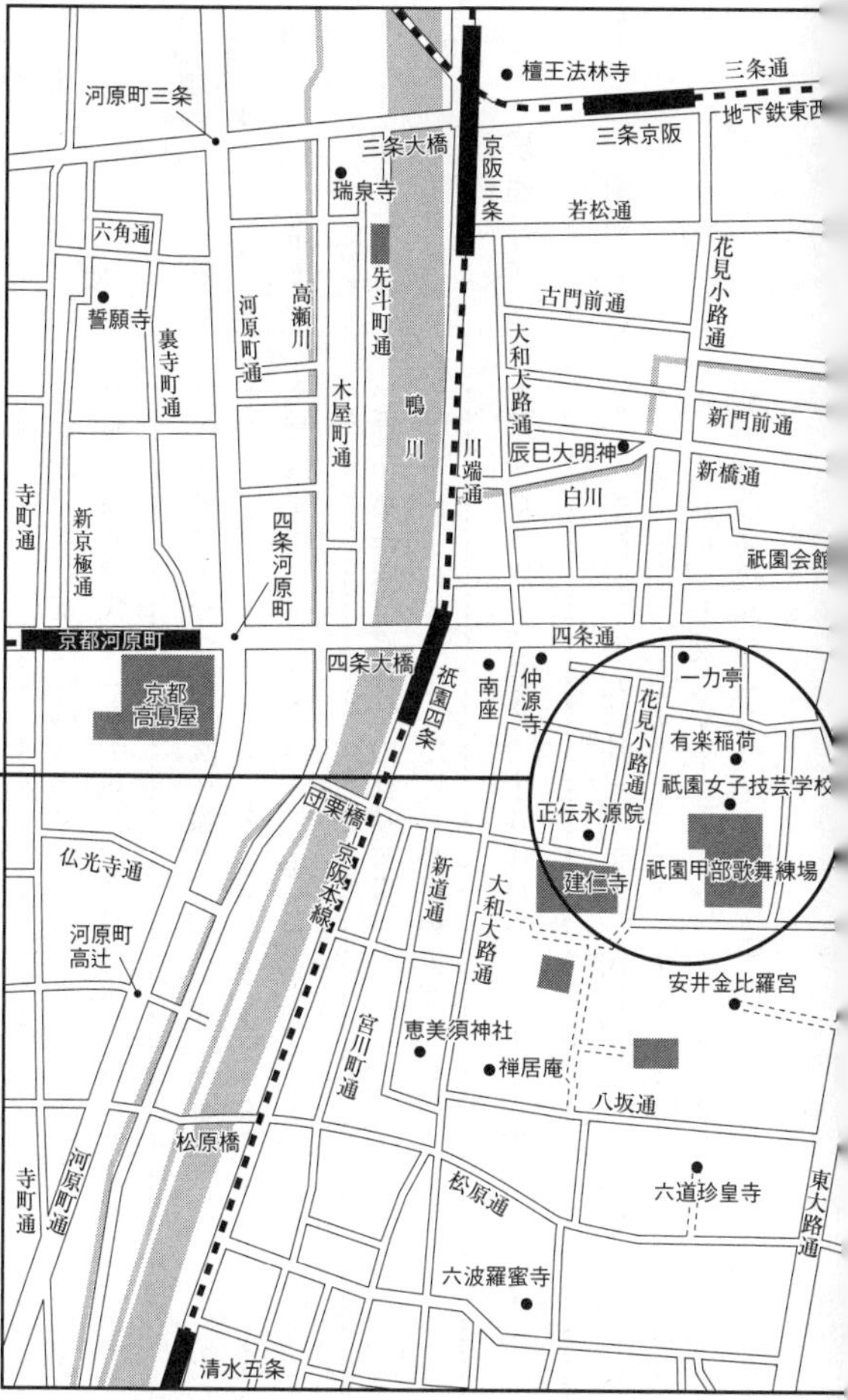

もも吉庵界隈

登場人物紹介

もも吉《きち》……祇園の〝一見《いちげん》さんお断り〟の甘味処「もも吉庵《あん》」女将《おかみ》。元芸妓《げいこ》で、お茶屋を営んでいた。

美都子《みつこ》……もも吉の娘。京都の個人タクシーの美人ドライバー。舞妓《まいこ》・芸妓時代は「もも也《や》」の名で名実ともにNo.1だった。

隠源《いんげん》……建仁寺塔頭《けんにんじたっちゅう》の一つ満福院《まんぷくいん》住職。「もも吉庵」の常連。

奈々江《ななえ》……舞妓修業中の「仕込《しこ》みさん」。十五歳で一人、祇園にやってくる。

朱音《あかね》……老舗《しにせ》和菓子店、風神堂の社長秘書。ちょっぴり〝のろま〟だけど心根の素直な女性。

京極丹衛門《きょうごくたんえもん》……老舗和菓子店、風神堂の十八代目当主。朱音の理解者の一人。

明智夢遊《あけちむゆう》……茶道「桔梗流《きちこうりゅう》」家元の嫡男《ちゃくなん》。二十一代目。

おジャコちゃん……もも吉が面倒を見ているネコ。メスのアメリカンショートヘアーで、好物は最高級品の「ちりめんじゃこ」。

第一話　風薫る少女に仏の慈悲あらん

「東寺餅《とうじもち》五つおくれやす」

「おおきに」

東寺の東側の慶賀門《けいがもん》を出ると、すぐ左側に「御菓子司《おかしつかさ》　東寺餅」はある。ガラスケースにずらりと並ぶ餅菓子を、美都子《みつこ》は普段なら「どれにしようかなぁ」と悩むところだが、今日は迷わずに注文した。

店名にもなっている東寺餅は、この店の看板商品だ。求肥《ぎゅうひ》にこしあんを包んだいわゆる大福餅《だいふく》だが、その製法に少々秘密がある。美都子は支払いを済ませて、みんなに振舞う。

「うわ～やわらかい！」

「おいし～い」

美都子は、これが大の好物。店主の代わりに説明する。

「なんでこないに柔らこうなってるか言うとな、求肥にメレンゲが練《ね》り込んであるそうなんよ」

エマやんが尋《たず》ねる。

「お姉さん、メレンゲって何？」

美都子の代わりに、菜摘《なつみ》が答えた。

「卵の白身だけを泡立てたものよ。ケーキとかクッキーの材料に使うの」

シュートが感心して言う。

「へえ～菜摘は物知りだなぁ」

「ううん、お母さんがさあ、家でよくケーキ作ってくれたから……」

「ご、ご、ごめん」

シュートは慌てて謝った。美都子は、菜摘の瞳に悲し気な影を見て取った。心配になって、声を掛けようとした時、エマやんがはしゃぐような大声で言った。

「赤ちゃんのほっぺたみたいだ～ビヨヨ～ン！」

そう言いながら、東寺餅を引っ張ったりモミモミしたりした。

「あっ、エマやん、手つきがイヤらしい」

と、舞ちゃんが指摘すると、シュートがすかさずホイッスルを鳴らす真似をした。

「ピピー！　エマやん、イエローカード」

「アハハッ……」

店先で、四人のはしゃぐ声がこだました。美都子も笑った。でも、ちょっとだけ注意を促した。

「ここはバス停の真ん前やさかい、迷惑かからんようにしてなぁ」

「は〜い」

「ハイ！」

「うん」

二回り以上も年下の中学生。自分の娘や息子であったとしても不思議ではない。生意気盛りな年頃で、手を焼くものと思い込んでいた。それがみんな素直で驚いてしまった。


美都子は、タクシードライバーをしている。大手の京雅《きょうが》タクシーに勤めた後、個人タクシーの資格を得て独立したのだ。

何を隠そう元は、芸妓《げいこ》だった。それも祇園甲部《ぎおんこうぶ》№1。

やや目じりが下がり、いつも微笑んでいるように見える瞳。

スーッと芯《しん》の通った小高い鼻。

占いでは「恋多き性格」と言われるぽっちゃりとした唇《くちびる》。

生まれながらに人の心を魅きつける眉目《びもく》に、人気も踊りの技量もともに№1で、多くの旦那衆《だんなしゅう》が贔屓《ひいき》にしてくれた。ある日、ふとしたことからお茶屋を営む母親のもも吉《きち》から、

「ちょっと人気があるかららって、鼻が高《たこ》うなってるんやないの」

と言われたのをきっかけに、言い争いになった。

「もうええ、そんならうち、芸妓辞《や》めるわ」

「そうか、辞めたらええがな」

売り言葉に買い言葉。勢いで、芸事の先生方を次々と訪問し「廃業させてもらいます」と伝えて回った。あちらこちらのご贔屓筋《すじ》から引き留められた。実のところ、もも吉が「かんにん、言い過ぎたわ」と謝って引き留めてくれるものと期待していた。そうでなくとも、「アホな考え止めときやす」と窘《たしな》められるものと信じていた。

ところが、である。そのもも吉も、お茶屋を廃業し甘味処《かんみどころ》に看板を掛け替えてしまった。もう後には退《ひ》けない。美都子は、以後、観光案内を得意とするタクシードライバーをしている。


今日のお客様は、埼玉《さいたま》県から来た修学旅行の中学生だ。

男女二人ずつ、四人組の二年生。二泊三日の行程で、初日は観光バスで主だった寺社を巡ったという。二条城、金閣寺、銀閣寺、清水寺《きよみずでら》……。いずれも、定番の観光コースだ。そして二日目は、タクシーでのグループ行動。「京都の文化に触れる」というテーマに沿い、前もって考えてきた一人ひとりの課題をかなえていくことになっているという。

　朝八時半。

　美都子は、聖護院《しょうごいん》近くにある宿泊先のホテルへ迎えに行った。

「歓迎　さいたま市立浦和《うらわ》第一中学校様」

と、書かれた大きな黒板が入口の柱に掛かっている。

　玄関で、先生から、美都子が担当する四人を紹介された。

「京都へようこそおこしやす」

「おはよーございま〜す！」

　揃《そろ》って元気がいい。男子は黒の詰襟《つめえり》。女子は紺色のセーラー服で、襟には真っ白なラインが二本入っていて、清楚《せいそ》な感じがした。まずは、自己紹介からだ。

「うちは、美都子言います。祇園では、『美都子さんお姉さん』言われてますけど、『お姉さん』とか『美都子さん』って呼んでおくれやす。今日一日、よろしゅうお頼もうします」

　美都子は、にっこり微笑《ほほえ》み一礼した。

「わあ〜『よろしゅうお頼もうします』だって！　なんかドラマの女優さんみたい」

「ホントだ、お姉さん、ホンモノの舞妓《まいこ》さんみたいにキレイですねぇ」

彼らは、まさか美都子が本物の芸妓だったとは思いもしないようだ。それもそのはず。タクシーの制服は、シルバーグレーのベストに紺のスーツ。首筋には、有名なミラノブランドのスカーフが、ネクタイのようにキュッと巻かれ、ショートボブの髪には、天使の輪が光っている。そんな出《い》で立《た》ちから、まさか座敷で舞う姿を想像できるはずもない。

「みなさんのお名前も教えてくれはりますか？」

と美都子が尋ねると、二重瞼《ふたえまぶた》でくっきりとした瞳の女の子が、手を上げた。

「はい、私は石塚舞子《いしづかまいこ》です。小さい頃から『舞ちゃん』て呼ばれてます」

舞ちゃんは、モデル志望とのこと。たしかにスタイル抜群で可愛らしい。

「僕は渡辺優貴雄《わたなべゆきお》。あだ名はシュートです。ダンス部に入る前、サッカー部にいたんです」

よく日に焼けていて背が高い。笑顔が爽《さわ》やかで、学校では人気者に違いない。

「次はオレ。遠藤衛《えんどうまもる》です」

と、ずれたメガネを直しながら言うのは、いかにも賢そうな男の子だ。

「この四人でダンスユニット作ってるんですけど、両親が『ダンスなんか止めて勉強に集中しろ』ってうるさいんです。うちは代々病院やってるんだけど、ひとりっ子だから……でも、ダンス止めたら病院継がないぞ！　って親を脅してるんです」

「ええなあ、うちも踊りが好きやから、よう気持ちわかるわぁ〜」

美都子は本気で応援したくなった。

「そうそうオレ、えんどうまもる、だからエマやんです」

「なるほど……最後は、あなたやね」

四人の中では、一番控えめで大人しそうに見える。

「は、はい。私は立花《たちばな》……です」

印象の通り声が小さい。まるでささやくようだ。

「もう少し大きい声で言うてくれる？」

「ご、ごめんなさい。立花菜摘……菜摘って呼ばれています」

ここで、シュートが菜摘のフォローをするように言った。

「菜摘は元気がないように見えるけど、本当は違うんです」

「どういうことやの？」

「四人でダンスする時には、一番キレッキレなんです。僕なんかサッカーやってたおかげで運動神経には自信があるんだけど、菜摘の弾《はじ》けるみたいなステップにはかないません」

「そ、そんなことないよ……」

という菜摘に、シュートが力強く言い返す。

「そうだって！　菜摘のダンスはサイコーだよ」

今度は、舞ちゃんが菜摘の肩を抱き寄せて言った。

「菜摘がいてこその私たちユニットだもんね。来週、ダンスの県大会があるんです。だから、この旅行で結束力高めて優勝狙おうって言ってるんです」

美都子は懐かしくなった。

舞妓・芸妓の時代、毎年「都をどり《みやこ》」に出演するのが楽しみで仕方がなかった。お座敷を務めながらのお稽古《けいこ》はたいへんだった。でも、たいへんだからこそ、やり甲斐《がい》があった。歌舞練場《かぶれんじょう》で、先輩後輩の芸舞妓と一緒に踊る際、ピタリと舞《まい》が揃った瞬間、そして拍手を浴びる時、「ああ、うちは舞が心から好きなんや」と思った。

同じ踊りを志す若者が眩《まぶ》しく思われた。

「わかりました。菜摘ちゃんに、舞ちゃん。シュート君とエマやん君ね」

「あ、君はなくてエマやんでいいです」

「へえ、エマやん、よろしゅうお頼もうします」

今回、浦和第一中学校の生徒を迎えたのは、美都子が所属する京都の個人タクシー組合だった。昨晩、組合長から「なんとかならんやろか」と電話があった。担当するドライバーが体調を崩してしまい、困っているという。美都子は快く引き受けた。しかし急なことゆえ、この子たち四人が「京都で何をしたいか」というテーマを知らないまま、当日の朝を迎えてしまったのだった。

そこで、ホテルに到着するなり、担任の先生からササッと紙に書いたものを渡してもらった。それによると……。

立花菜摘………「たくさんの仏像を見る」

石塚舞子………「ぜんざいを探して食べる」

渡辺優貴雄……「お寺の体験をする」

遠藤衛…………「舞妓さんに会う」

と、書かれていた。これではあまりにも漠然としすぎていて、具体的にどこに案内したらいいのかわからない。美都子は、それでもできる限り期待に応《こた》え、「京都が好きになった」と言われるように努力したいと思った。

美都子は、菜摘に尋ねた。

「菜摘ちゃん、たくさんの仏像が見たいって、どこか行きたいお寺があるの？」

「特にはないんです。でも、とにかくたくさんの仏様にお参りしたくて……でも、あんまり無理言うとみんなに迷惑かかるから」

「よし、わかったわ！」

ということで、美都子は東寺に四人を連れて来たのだった。

正式名は、教王護国寺《きょうおうごこくじ》という。七九四年に平安遷都《せんと》が行なわれて二十九年の後、弘法大師空海《こうぼうだいしくうかい》が嵯峨《さが》天皇から託されたという由緒ある寺院で、真言宗《しんごんしゅう》の総本山だ。なんと国宝が二十五件・八十一点もある。そのうちの一つ、五重塔は、新幹線からも見える京都の象徴的木造建築だ。

講堂には立体曼荼羅《まんだら》と言われる二十一体の仏様が、ずらりと安置されている。ここなら、いっぺんにたくさんの仏様に出逢《であ》うことができる。入口を入ると、一瞬真っ暗闇《くらやみ》になったような錯覚《さっかく》に陥《おちい》る。徐々に眼が慣れてくると、次々に大きな仏様が現れる。何度訪ねても、美都子は知らず知らず手を合わせてしまうのだった。

「ここなら絶対、菜摘ちゃんにも満足してもらえるはず」と、自信を持ってやって来た。

舞ちゃんは、一体一体の仏様とじっと睨《にら》めっこして、なかなか次へと進もうとしない。よほど感動しているようだ。シュートとエマやんは、「カッケー」「すげぇ、すげぇ」と興奮して言い合っている。ところが……。

リクエストした当の本人、菜摘ちゃんはというと浮かぬ顔つきをしている。スーッと、仏様から目を背けるように進んで行く。唯一、大日如来坐像《だいにちにょらいざぞう》の前でだけ手を合わせたかと思ったら、そのまま先に外へと出て行ってしまった。

美都子は反省した。もっと要望をきちんと聞くべきだったと。「たくさんの仏像を見たい」というのには、何か深い理由があったのかもしれない。そこで美都子は、いったん仕切り直して菜摘ちゃんに元気になってもらおうと、東寺餅をご馳走《ちそう》しようと連れて来たのだった。

シュートが言う。

「花より団子。仏像もいいけど、やっぱり甘いものがいいなあ」

「うんうん」とエマやん。舞ちゃんも、

「もう一個食べたい〜」

と声を上げた。

みんな大はしゃぎだが、一人菜摘ちゃんだけが笑顔がない。四人は大の仲良しのはずだ。それなのに、他の三人は菜摘ちゃんの様子を気遣うこともなく、それぞれがマイペースで行動している。美都子は、もも吉譲りの「おせっかい」だ。とは言っても、「おせっかい」ほど難しいものはない。一つ誤ると、相手を傷つけてしまうこともある。菜摘ちゃんに「どうしたの?」と、尋ねたい気持ちをグッと抑えて次へと進むことにした。

「さあさあ、次はシュート君の課題やね。お寺の体験って、どないなこと?」

口元に付いた餅の白い粉を手の甲で拭《ふ》きながら答える。

「ネットでいろいろ調べたんです。写経とかお坊さんの説法とか……あと座禅とかいろいろ。でも、本当はお坊さんと話がしてみたいなぁって」

「お坊さんと話がしたいん？」

「はい、お寺の人ってどんな生活してるのかなって。きっと修行とかたいへんなんじゃないかって思って」

「そやねえ、事前に聞いてたらかなえてあげられたんやけど……」


その時だった。

東寺の慶賀門から、法衣《ほうえ》をまとった隠善《いんぜん》が足早にやって来るのが見えた。

隠善は、建仁寺《けんにんじ》塔頭《たっちゅう》の一つ満福院《まんぷくいん》の副住職だ。もも吉が営む「もも吉庵」には、父親で住職の隠源《いんげん》とともにひんぱんにやって来る。美都子は、隠善が自分に「気がある」ことを、かなり昔から感じていた。周りの人たちにも十分すぎるほど悟られていて、隠善はときどき冷やかされている。

美都子は「思わせぶり」に答えはするものの、なんとなくはぐらかしてきた。幼《おさな》馴《な》染《じ》みで四つ年下。ずっと弟のように面倒をみてきた存在なので、今さら「恋ごころ」を抱くことができないのだ。でも、最近は、「ええ男はんになったなぁ」と思うこともしばしばだった。

「ちょうどええわ！　ええこと思いついた‼」

こちらへ近づいてくる隠善に向かって、美都子は手を振った。

「善坊《よしぼう》～！」

四人は、「なに、なに？」とキョトンとしている。

菜摘は、「来なければよかった」と思った。いや、今からでも一人で先に帰りたいとさえ思う。今回の修学旅行を、ずっと楽しみにしていた。それは、いつも一緒にいる仲間と行けるからだ。ダンス部で出会った四人でユニットを組んだのは、一年生の秋だった。それまで、サッカー部だったシュートが、突然ダンス部に転部してきたのがきっかけだった。小さい頃からずっとサッカーをしていたが、SNSで見たナントカというダンサーにハマってしまい、自分でもやってみたくなったのだという。

ユニット名は「ハピネス」。みんなで相談して付けた。とは言っても提案したのは菜摘だ。「観客を幸せにできるようなダンスをしたい」と言ったのがきっかけだった。

この春、「ハピネス」は県大会の予選を突破した。次は県大会本選だ。舞ちゃんのお父さんが経営する縫製《ほうせい》工場の空きスペースで、土日も練習している。四人が集まらない日はない。

だから……辛《つら》かった。

もう会えなくなってしまう。

楽しかった練習が、なぜか辛く感じられるようになった。それだけではない。へんな気持ちが、心の奥底からむくむくと湧《わ》き上がって来たのだ。なぜだか、みんなのことが眩《まぶ》しく見えて仕方がなくなってしまった。羨ましくてたまらなくなってしまったのだ。

舞ちゃんはスタイルがよくて、何を着てもとても似合う。きっと、本当にモデルになれるに違いない。なにしろ彼女の応援団長は、お婆《ばあ》ちゃんなのだ。孫のためなら、なんでもしてくれるみたいだ。それで、練習場所を提供してくれるように、お父さんに頼んでくれた。何より男の子にモテる。もう何人からもコクられた。でも、今は誰も近づいては来ない。なぜなら、エマやんと付き合っているからだ。

羨ましい。エマやんちは、病院だ。お金持ち。いつもお小遣いで、ガリガリ君やポッキーを差し入れしてくれる。将来は院長先生だ。ということは……舞ちゃんは院長夫人？　そんなこと、今まで考えたこともなかったが、自分が「不幸」になってみると、近くの友達にジェラシーを感じてしまうようになった。菜摘は、そんな自分が嫌になった。

シュートにはもっと腹が立つ。実は、最初にダンス部に入って来た時から、「カッコイイ〜」と思っていた。それが一緒にユニットを組めることになった。もう有頂天《ちょうてん》だった。でも、「好き」なんて言えやしない。言えるわけがない。私なんて、可愛くもなんともない普通の子なんだから。一緒にいられるだけで幸せ。ううん、一緒にパフォーマンスできるなんて夢のようだった。

それが……ついこの前までのことだ。今は違う。シュートがそばにいるだけでイライラしてくる。「なんてデリカシーが無いの！」と怒りたくなる。いつも明るくて、冗談ばかり言う。この旅行の最中も、いつも以上に菜摘に声を掛けてくる。その明るさが、正直言ってウザい。でも、それは私の勝手な言い分だ。わかっている。誰にも話していないのだから……。

こんなに辛いけど、誰にも言うつもりはない。言えば恥ずかしくなる。きっと、同情されるだろう。「哀れみ」？の眼で見られるに違いない。みんな、とてもやさしいから。

でも、みんなは「幸せ」。そして、自分は「不幸」のどん底なのだ。どうせ、どうせ……この先も私は「不幸」が続くに違いないのだから。

「お〜い、菜摘ぃ〜行くよ！」

「え!?」

「このお坊さんのお寺に行くんだってさ！」

　ボーッとしていたら、シュートに呼ばれた。またもや満面の笑顔。どうしてこんなに「幸せそう」なんだろう。菜摘は暗い気持ちでみんなの後を追いかけた。


　美都子は、偶然、東寺の慶賀門から出て来た隠善を見かけて呼び止めた。隠善は早朝から、東寺の洛南《らくなん》会館で住職の会合があったという。これはちょうどいいと、心の中でポンッと膝を打った。隠善に、お寺体験をしたいと言っているシュート君の話をして、

「この子らのためにひと肌脱いでやってくれへんやろか？」

　と頼んだ。

「もちろんや。修学旅行生は京都の大切なお客様や。大人になって京都が大好き！言わはる人は、子どもの頃に行った修学旅行がきっかけの人が多いて耳にしたことがある。これは京都市民、仏教人としても有意義なことや。それに、美都子姉ちゃんの頼みや。法事ほかしてでも気張《きば》らしてもらうでぇ」

　隠善は、必要以上に力を入れて快諾してくれた。

「おおきに」

「なんでも言うてや」

「よかったなぁ、シュート君。このお坊さんがあなたの希望をかなえてくれはるて」

「任せときぃな」

そう言い、ポンッと胸を叩《たた》いた隠善に、エマやんが突っ込んだ。

「あれ〜お坊さん、顔が少し赤くない？」

すると、舞ちゃんが、

「ひょっとして、このお坊さん、お姉さんのカレシさんですか？」

と言った。それが冷やかしには聞こえず真顔だったので、隠善はますます赤くなってしまった。美都子は、何食わぬ顔で、グイッと隠善の腕を取って自分に引き寄せた。

「そうや、カレシなんよ」

「え〜！」

「そうなんだ〜」

「だから急な頼みでも聞いてくれちゃうのね」

みんな大騒ぎ。隠善はもう炎上しそうだ。

「ぼ、ぼ、僕はこの国の未来を担う君たちのために……」

「わかったわかった。さあさあ、行きまひょ」

美都子のタクシーは、ミニバンだ。普段は六人乗り。車椅子を利用するお客様にも対応できるようにと、最初から後部を改造してある。車は満福院へと向かった。

隠善は、タクシーの中から、なにやら父親の隠源に電話を掛けていた。いろいろ段取りをしてくれているらしい。到着すると、寺門で出迎えていた隠源が、

「住職の隠源や。ようおこしやす、どうぞこちらへ」

と、挨拶も早々に奥へと促してくれた。非公開の寺で、他に訪れる者は誰もいない。庭を通り抜けて奥へと進む。新緑の季節、苔《こけ》が眩しいほどに生えている。子どもたちは本堂へ案内され、まずは一同、正座をしてご本尊にお参りをした。子どもたちはさっきまではしゃいでいたのに、一言もしゃべらない。

隠源が、ニコニコして言う。

「お賽銭《さいせん》はぎょうさん入れてな。うちの仏さんは金属は好かん言うてはる。お賽銭は紙のに限るいうてなぁ」

ほんの少し間があって、エマやんが声を上げた。

「ああ、お札《さつ》のことかあ」

その一言がきっかけになって笑い声が湧いた。みんな静けさと荘厳《そうごん》さに委縮して

緊張していたのだ。次に本堂から繋がる広間へと通される。美都子は小学生の頃、近所の子どもたちと集まって、一緒にカルタやボードゲームをしたことを思い出した。隠善は泣き虫で、いつもゲームに負けては泣いていた。

広間の真ん中の大机には、二人ずつ向き合って座布団が四枚敷かれていた。

「さあ、座った座った。なんやお寺の体験をしたいんやてなぁ、なんちゅう奇特な子らや。感心したでぇ。うちの息子にも爪《つめ》の垢煎《あかせん》じて飲ませてやりたいわ」

と、隠源が言うと、隠善がやり返した。

「おやじは怖そうに見えるけどやさしいところもある。安心してや、女の子には甘いで～特に先斗町《ぽんとちょう》のなぁ」

「おやじやない、住職や！　それに子どもらの前で何言うんや」

「まあまあ、二人とも～」

美都子は慌てて間に入ったが、それは杞憂《きゆう》だった。父子のアホらしいやりとりが、さらにみんなの緊張を解きほぐしたようだった。それが二人のやさしい気遣いだと悟る。

「雲水《うんすい》がみな出掛けてるよって、悪いけど美都子ちゃんも手伝《てつど》うてくれるか？」

「はい、隠源さん」

雲水とは、禅宗の修行僧のことだ。

美都子は、隠源に付いて庫裏《くり》へ向かう。庫裏とは、台所のことだ。

「え！　なんやの？」

美都子は驚いた。そこにはもう料理の支度《したく》が出来上がっていた。なんと段取りのいいことか。

「あとは『あん』を作って掛けるだけや。美都子ちゃん、お茶の支度頼むなぁ」

「へえ」

ほどなく料理が出来上がった。美都子は隠源と二人で、膳《ぜん》を運ぶ。

「早速、お寺体験の始まりや。みんなお腹空《す》いてるやろ、精進《しょうじん》料理ご馳走《ちそう》させてもらうでぇ」

「え～」

「やったー」

と声が上がる。シュートが、目の前に置かれた大きな木椀《もくわん》をのぞき込んで尋ねた。

「これ、なんですか？」

隠善が答えた。

「ひょっとしたら、君らは初めてかもしれへんなぁ。湯葉丼《ゆばどん》や」

「ゆばどん？」

菜摘が聞くと、隠源が答えた。

「そうや、精進料理いうんは、仏様の教えで殺生《せっしょう》を避けるために肉や魚などの生き物を使わない料理のことや。それで肉の代わりに、大豆《だいず》から作った料理をいろいろ工夫するようになった。その代表的なもんやな」

「ゆばって、お吸い物とかに入れるやつですか？」

「そうや、よう知ってるなあ。湯葉いうんは豆乳《とうにゅう》を熱で温める時に表面にでける膜《まく》のことや。牛乳温める時にでけるやつと同じ原理や」

「あっ、そうか～勉強になります」

とシュート。

「お出汁《だし》にしょうゆとみりんで味整えてな、葛粉《くずこ》溶いて『あん』を作るんや。生湯葉載っけたご飯に、とろ～り『あん』を掛けたら出来上がりや。そうそう、三つ葉とショウガをちびっと載っけてな」

シュートが、

「あ～もう食べてもいいですか、我慢できない」

と言うと隠善が、

「おやじは話が長いからなあ。よろしゅうおあがり」

と箸《はし》を取るように促した。

「は～い」

「いただきます」

「いただきま〜す」

美都子も、四人の子らの隣でお相伴《しょうばん》に与《あずか》ることになった。お寺体験。まさかこんな形で、かなえてあげられるとは思いもしなかった。


食事の後は、質問タイムになった。隠善が司会進行役を務める。

「おやじは、臨済宗《りんざいしゅう》ではけっこう偉い人なんや。お寺のことやったら、どないなことでも教えてくれるはずや」

隠善が珍しく父親を持ち上げたせいか、隠源は急に背筋をピンと伸ばす。

「あの〜いいですか？」

シュートが、恐る恐る手を上げた。隠善がやさしく尋ねた。

「ええでぇ、なんや？」

「お坊さんて結婚するんですか？」

「え!?」

隠善は、自分で質問を促しておきながら、戸惑っているようだ。エマやんが続けて言う。

「あ、僕も聞いたことあります。殺生しないのと同じように、女の人と……あのう

「……その……」

「イヤダ！　二人とも、レッドカード！」

と、舞ちゃんが声を上げた。なぜか顔が赤らむ隠善を横目に、隠源が答える。

「ええ質問や。昔は結婚は認められておらんかった。江戸時代のことやな。たぶん、それでそういうふうに思い込んでいる人がいはることは確かや。今は結婚もするし、肉も魚も食べる」

「お酒も飲むし、キレイな女の人のいるところへ通う坊《ぼん》さんもいる」

そう隠善が突っ込むと、隠源は、

「ん、んん」

と、隠善を睨んで咳《せき》払いをした。そして続ける。

「なぜかと言うとな、一つにはお寺を次の世代へと繋《つな》いでいくために、決まり事を緩～くしたんや。京都でも多くの寺は、住職の息子が跡を継ぐ。そうせんと寺が絶えてしまうからな。そうやってお寺は、今日まで続いて来られたんや」

今度は、舞ちゃんが少し前のめりになって尋ねた。

「隠善さんも美都子さんと結婚してお寺を継ぐんですか？」

「ブッ！」

隠善は、口にしていたお茶を噴き出してしまった。慌てて手拭《てぬぐ》いで畳を拭く。

「な、なに言うんや」

隠源は、「あかんわコイツ」とポツリと漏らして庭の方を向いた。みんな大笑いだ。隠善は、冷静を装って言う。

「ほ、他の質問はないんか？　プ、プライベートのことはあかんで」

「ハイ！」

「はい、君はエマやん……やったね」

「はい。隠善さんちはお寺じゃないですか。クリスマスってやるんですか？　小さい頃、クリスマスプレゼントってもらったんですか？」

隠善は、まだ少し火照《ほて》る頬で答えた。

「ええ質問や。これは難しい。僕の友達のお寺では、子どもの頃『クリスマス』言うのも禁句やった言うてた。ましてやプレゼントとかケーキなんて買《こ》うてもらえるわけがない。そやけど、うちはさばけてるいうか、こだわりがないんや。クリスマスイブに先斗町のクラブのパーティに行って、ケーキをお土産に持って帰って来てくれた。寺の息子としては子どもながらに複雑な気持ちやったけど、嬉《うれ》しかったなぁ」

「いろいろなんですね」

と、エマやん。これに隠源が付け加えるように言った。真顔だ。

「今、隠善が『こだわりがない』て言うたやろ。これはお釈迦様《しゃかさま》の教えで最も大切なことなんや」

「え？　……どういう？」

「そもそも宗教いうんはなあ、辛《つろ》うて苦しゅうてたまらん人の心を癒《いや》すもんなんや。なんで人は心が苦しゅうなる思う？」

今度は、シュートが答える。

「ええっと、頑張ってるのに願い事がかなわなかったりするから……かな」

「そうや、それや。願い事がかなわんこと。人は、ああなりたい。こうしたい。具体的には金持ちになりたいとか、女の子にモテたいとか。そういう欲があって、それがかなわんと辛うなるんや。そんなん、どうでもええと思うたら気も楽になる。『欲』を捨てること、『こだわり』を捨てることが悩みを解決する一番の方法なんや」

「なんか難しい……」

「かんにんな、中学生にはちびっと早かったかな」

「そんなことないです。ありがとうございます。こんな話、学校では教えてもらえませんから」

「そやな、授業では教えへんわな。そやからワシは、坊主やからて、こだわらんようにして生きるようにしてるんや」

「へえ～」

「すごい」

と子どもたちが溜息をつく。隠善がチクリと言った。

「みんなあんまり真剣に聞いたらあかんで。自分が遊びに行く言い訳してるだけやさかいに」

またまた座は爆笑。

美都子は、隠源・隠善父子に心から感謝した。


「さあ～て、次のお寺体験のメニューやで」

と隠善が、立ち上がった。

「みんな、座布団を持ってこっちへ来なはれ」

四人は「なんだろう」と首を傾《かし》げつつ、隠善の指示する縁側《えんがわ》に立った。庭の築山《つきやま》には、サツキが赤々と咲いている。

「座禅や」

「え～初めてです」

「お寺っぽい」

シュートとエマやんは、眠気も吹き飛んだような顔をした。

「曹洞宗《そうとうしゅう》では壁に向かって座る。うちは臨済宗やから向かい合って座るんやが、今日はみんな庭を向いて並んで座ってな」

「……」

「ええか、まず座布団を二つに折って、お尻の下に敷いて座るんや。これで少しは足が楽になる」

みんな黙って従う。

「それから足を組む。結跏趺坐《けっかふざ》いう正式なやり方もあるけど、今日はきちんと組まんでもええ。普段あぐらかいてないもんがすると、股関節《こかんせつ》痛めるとあかんからな。こだわらんと、できる範囲でな。ええな、組めたな」

「はい」

シュートがみんなを代表するように答えた。

「さて次や。手のひらを上にして両手を重ねて、足の裏んところに置く。その時、右の親指と左の親指の先っぽが、軽〜く触れるか触れんようにするんや。でけるか……そうや、そうや、みんなでけてる。そないしたら背筋をピーン伸ばしてな、左右に身体《からだ》を二、三度揺らす……そうや、そうや、そないして固い身体をほぐすんや」

誰も一言もしゃべらない。もう座禅に入っているような空気になった。

「うちも一緒に、座禅組んでもええか」

「ええで」

隠善が答える間もなく、美都子も座布団を持って来て子どもたちの端《はじ》に並んで座った。

「さあ、いよいよや。眼ぇは閉じたらあかん。そやけど、パッチリ開けるんでもない。半分フワーッと開ける感じやな。そして、一メートルくらい先の庭の地面を見る。さて、これに取り出したる木の棒、なんやわかるか?」

舞ちゃんが叫んだ。

「いやだ〜それって、叩くやつでしょ。テレビで見たことがある」

菜摘ちゃんも、

「痛いのは嫌です……」

と、もう始まる前から泣き出しそうだ。

「これは警策ゆう。曹洞宗では『きょうさく』、臨済宗では『けいさく』と呼んでる。座禅知らんもんもわかると思う。想像してる通りや。途中で、眠とうなって首がガクッてなったら、バシッ!　と打つで」

「痛っ!」

打たれてもいないのに、シュートが声を出した。

「大丈夫や、君らは修行僧やないから、そないきついことはせーへん。そやけどせっかくやから、一人一回ずつ叩いたげる」

「え～」

舞ちゃんが眉《まゆ》をひそめて漏らした。

「こんな具合に真似事《まねごと》で、ふんわりやさしゅう撫《な》でるようにな。警策の先を見てみい、平たくなってるやろ。痛《いと》うない。何事も体験や。座禅してカツ入れてもらった、て帰ってみんなに言うたら先生や友達に自慢できるで」

「お願いします！」

そう答えたのはシュートだった。

「警策で叩く前に、ポンポンッて右肩を軽～く叩くから、そないしたら首を左に倒すんや。それが『どうぞお願いします』いう合図になる。叩かれたら、首を真っすぐに戻して合掌《がっしょう》するんや。『おおきに』いう気持ちを込めてな。ほな始めよか」

みんな揃って、

「よろしくお願いします」

と言った。

「無心になるように努めなさい。何も考えんようにするんや。始めるで」

実のところ美都子も、小学生の頃に、夏休みの子ども会の座禅会に参加して以来のことだった。たしかあのとき、小学校の低学年だった隠善は、父親にめちゃくちゃ強く警策で打たれて泣いていたことを思い出した。

何も音が聞こえない。

これほどここは静かだったのだろうか。

美都子は、心の中に湧《わ》き上がる雑念を、振り払っては消し、追いやっては消し続けた。どうも無心にはなれそうにない。その間、ときおり、「パシッ」という小さな音が聞こえて来た。この程度の音なら、おそらく痛みはまったく感じないだろう。四人には、きっと良い経験になったに違いない。

おや？　……五回目の叩く音がした。これは妙だ。誰かが二度、打たれたことになる。

再び、静寂が戻った。

トントンッ。

来た。美都子は、左に首を傾ける。

ビシッ！

「うっ……」

予想を超える痛みだった。そのため、思わず声を漏らしてしまった。合掌しながら思った。油断していたのは美都子の方だ。しかし、それにしても強すぎはしないか。ジンジンとしてなかなか痛みが引かない。美都子は、「善坊〜、あとで仕返ししたるさかいね」と心の中で呟《つぶや》いた。

「はい、終わり。楽にして」

「あ〜！」

と一番に声を上げたのはエマやんだ。続けてみんな、

「ハア〜」

「終わったねぇ」

「ふう」

と溜息を吐《つ》いた。

「どうどした、みんな」

美都子が尋ねる。すると、この課題を考えてきたシュートが答えた。

「やってよかったです。びっくりしたのは、無心なんて簡単だと思ったのに、まったく無理だったということです。前にサッカーやってて、無心に打て！　とか言われたことがありました。でも無心になれませんでした。今日も同じ、無心になろうとすればするほど、いろんなことが頭の中に湧いてきて、もうどうしていいかわからなくなったら、時間が来てたって感じです」

ずっと、黙って聞いていた隠源が口を開いた。

「おお、君はすごいのう。よう一度の座禅でそないな境地に達したもんや。つまりな、人は欲を捨てようとか、こだわりを捨てようとかしても、なかなかでけるもんやない、いうことや。それがわかったとしたら、大したもんや」

シュートは、照れている。

隠善が縁側に正座をした。そして、みんなの顔を見ながら言った。

「これで満福院のお寺体験は終わりや。本堂の天井画は狩野《かのう》派の有名なもんや。せっかくやから見とくといい。それから東司《とうす》……そうそう、トイレのことをお寺では東司言うんやが、何人もいっぺんに入れんよって順番にな」

美都子も、改めて姿勢を正し、手をついて礼を言った。

「隠源さん、隠善さん、今日は突然のことやのに、おおきに」

「ところで、美都子姉ちゃん」

「なんやの？」

「あと二人の課題ってなんなん？」

「一つはな、エマやんが舞妓さんに会いたい、ていうんや。この子らを六時までに宿まで送り届けなあかんから、難儀《なんぎ》やなぁて思うてる。そうそう、それからもう一つが……舞ちゃん、舞ちゃん、『ぜんざいを探す』てなんなん？」

「あ、はい……」

と、少し前に出て答える。

「せっかく甘いものの聖地の京都へ行くんだから、穴場というか隠れ家みたいな甘味処がないかってSNSで探してたんです。そうしたら、ある芸能人みたいな人が、祇園のあるお店の『麩もちぜんざい』をアップしてたのを見て……でも、名前も場所も詳しく書いてなくて。シークレットだそうなんです。それで、そのお店を探し当てたいなぁ～って」

美都子は、舞ちゃんの話の途中から隠源と隠善が、自分の方をニヤニヤしながら見ているのがわかった。

そう、祇園で「麩もちぜんざい」が名物といえば、「もも吉庵」のことに他ならない。これはどうやら、もも吉にもひと肌脱いでもらうしかないようだ。美都子は、まだまだ続く今日という日にわくわくしていた。

「なんで私だけ、二度も警策で叩かれなくてはいけないんだろう」と、菜摘はちょっと腹が立っていた。隠善さんは、「ふんわりやさしく撫でるように」叩くと言ったのに、二度目はけっこう痛かった。そして、ますます落ち込んだ。

菜摘は、つい一年ほど前までは、「幸せ」なんていうものについて考えたこともなかった。朝起きて、お母さんの作ったご飯を食べ、「遅れる！」と言い慌《あわ》てて学校へ行く。成績は、良くはないけれど悪くもない。時々、宿題を忘れて先生に注意されることもあったが、目立って「悪い子」と決めつけられたことは一度もなかった。

お父さんは、小さいけれど自動車の板金《ばんきん》工場の社長だ。大金持ちではないけれど、菜摘が欲しいというものはなんでも買ってくれた。

家族揃って、夕ご飯を食べるのが決まりになっていた。友達の家で遊んでいて、どんなに盛り上がって楽しくても帰らなくてはならなかった。それが、嫌で嫌でたまらない時もあった。でも、塾のある日には、お父さんもお母さんも、お婆ちゃんまでもが菜摘が帰って来るのを待っていてくれて、それから夕飯が始まった。

それが当たり前だと思っていた。

お婆ちゃんは、自宅でピアノ教室を開いていた。菜摘もピアノを幼稚園の頃から習い始めたけれど、友達と遊ぶ方が楽しくて、いつの間にか止めてしまった。お婆ちゃんは、ちょっぴり淋しそうだったけど、「やりたい時が来たら、いつでも教えてあげるわね」と許してくれた。なぜ、続けなかったのだろう。そうだ、いつでもできる。家にピアノさえあれば、お婆ちゃんが教えてくれると思っていたからだ。

そんな毎日が、ある日、一変した。

それは、中学一年生になったばかりの五月のことだった。

国語の授業中、教頭先生が教室にやってきた。みんな何事かと注目する。菜摘の名が呼ばれ、廊下へ出た。教室がざわめく。お母さんとお婆ちゃんが事故に遭《あ》って危篤《きとく》だという。

交通事故だった。先生の車で病院へ駆けつけたが間に合わなかった。かなり年を取った男の人が、運転中に意識不明になって駅前の雑踏《ざっとう》に突っ込んで来たのだそうだ。二人は、買い物の帰り道、ちょうどそこに居合わせたらしい。十名以上の重傷者を出したが、亡くなったのはお母さんとお婆ちゃんだけだった。

（なぜ、なぜ……）

駆けつけた病院の待合室では、テレビが事故現場の様子を伝えていた。お父さんが、私の身体をギュウッと抱きしめてくれた。お父さんは泣いていた。でも私は、涙が出て来なかった。どうしても信じられなかったからだ。

「嘘《うそ》だ！　嘘だ‼」

そう何度もお父さんの胸を叩きながら叫んだ。

いったん家に帰ろうとして表に出ると、テレビ局や新聞社の人たちのカメラが光った。眩しくて……目眩《めまい》がしてその場で倒れた。

それは私の「不幸」の始まりに過ぎなかった。

次の「不幸」が追いかけるようにやってきた。

お父さんは、最初は私を励ましてくれた。

「大丈夫。辛いけど二人で頑張って生きていこうな」

と、毎日毎日、言ってくれた。それはまるで、お父さんが自分自身に向けて言っているように思えた。私も一生懸命に家事をした。卵焼きとか、お味噌汁《みそしる》くらいなら作れるようになった。でも、だんだんとコンビニでお弁当を買ってくることが多くなった。二人で食べている最中、突然悲しくなって泣き出してしまうことがあった。そんな時、お父さんは、何も言わずじっと私の手を取り、そばにいてくれた。

辛い気持ちを紛らわしてくれたのが、ダンスだった。泣きたい時も踊っている間は、悲しみが遠ざかるような気がした。そして、十月、シュートがダンス部に転部してきて、四人でユニットを組むようになってからは、もっともっと学校が楽しくなった。

お父さんにも、

「菜摘の笑顔を見ると、こっちまで元気になるよ」

と言われた。

ところが……。しばらくして、そのお父さんの様子がおかしいことに気付いた。仕事もせず、家でゴロゴロしていることが多くなった。お風呂に入らない日もある。そのうち、昼間からお酒を飲むようになり、「止めた方がいいよ」と言ったら、大声で怒鳴られてしまった。だんだん、お父さんと話をする時間が少なくなった。そして……ある日、学校から帰るとお父さんの姿がなくなっていた。

私の勉強机の上に、メモが一枚。

菜摘へ
ごめん。お父さんは弱い人間だ。
卓郎《たくろう》おじさんに言っておくから、世話になりなさい。
菜摘はいい子だよ。元気でな。

父

それはゴールデンウイークの五日前の出来事だった。

仙台《せんだい》の卓郎おじさんと、麻沙子《まさこ》おばさんがやって来て、事情を説明してくれた。お父さんは、うつになってしまい働けなくなってしまった。会社の経営が行き詰まって、良くないところからたくさん借金をしたのだという。それが返せなくなり、逃げ出したのだと聞いた。

おじさん夫婦の家は仙台だ。いとこのマーちゃんもいる。おじさんは、すぐに仙台へ連れて行こうとした。でも、私はそれを拒《こば》んだ。連休が明けるとすぐに修学旅行がある。そして、その翌週は、ダンスの県大会本選だ。「一人暮らしなんてさせられない」と言われたが、何度も何度も頼み、修学旅行にだけは行かせてもらえることになった。ダンス大会は日曜日の開催なので、仙台から日帰りで参加することを許してもらった。

おばさんは二週間以上も、ずっと泊まって菜摘の世話をしてくれている。

菜摘は、この修学旅行を最後に仙台の中学に転校する。

そのことは、クラスでもダンス部でも誰にも話していない。

素敵な「思い出」を作るつもりだった。でも、ちっとも楽しくない。なぜだかわからない。みんなとの心の距離が、知らぬ間に遠くなってしまった気がするのだ。

菜摘は、修学旅行に来たことを後悔していた。

美都子は、隠善の提案で、四人をお土産《みやげ》屋さんに連れて行くことになった。

「風神堂《ふうじんどう》の京極《きょうごく》社長さんから案内が来てたやろ。南禅寺《なんぜんじ》の門前に新しくお土産ショップ作ったいうて。いっぺん行かなあかんて思うてたとこなんや。美都子姉ちゃん、ちょうどええ機会やから、この子らを連れて行ってくれへんか？」

「ええなぇ、みんなも明日は帰るんやさかい、お土産買いたいやろ」

「はい、お願いします！」

とシュートが手を上げた。

お店は、想像したものよりも大規模だった。カフェが併設されている。

風神堂は、京都で安土桃山《あづちももやま》時代から続く老舗《しにせ》和菓子店だ。ただのお饅頭屋《まんじゅうや》さんではない。銘菓《めいか》「風神雷神《ふうじんらいじん》」は進物《しんもつ》の高級ブランドとして有名。さらに、東京の銀座店に併設のカフェはセレブ御用達《ごようたし》だ。そのオシャレなカフェが南禅寺近くにもできたということで店の前には順番待ちの列ができていた。

お土産ショップは、「風神堂」の商品だけではなかった。京都の数々の工芸品や名産品、お菓子が所狭しと並んでいる。四人は、めいめいに店内を巡った。

「ねーねー、これカワイイ！」

という声が聞こえた。舞ちゃんが、エマやんを呼んで言うのが聞こえた。みんな楽しそうだ。しかし美都子は、菜摘ちゃんだけが相変わらず元気がないのが気にかかった。


お土産屋さんを後にして、一同は祇園へと戻って来た。

「ちびっと歩くさかいに、みんなついて来てな」

美都子は車を少し離れた大和大路《やまとおおじ》の駐車場に停《と》め、みんなを引率《いんそつ》する。一番後ろからは、隠善もついてくる。シュートと仲良しになったようで、何やら話が弾んでいる。そういえば、さっきのお土産屋さんでも二人は話し込んでいた。年は離れていても、よほど馬が合ったのに違いない。

地元の人間は、めったに四条通《しじょうどおり》や花見小路《はなみこうじ》をぶらついたりはしない。小路から小路へと、右へ左へ。そしてまた右。美都子は、「そこに住む人」しか利用しないような路地《ろうじ》を縫《ぬ》うようにして歩く。小路の角をひょいと曲がったところで立ち止まり、美都子はみんなに声を掛けた。

「さあさあ、みんな、着きましたえ」

「ここは、どこですか？」

「舞ちゃんが食べたい言うてた『麩もちぜんざい』のお店よ」

「え⁉　だって……暖簾《のれん》も看板もないし」

京町家の前で、他の三人もキョトンとしている。「どこへ行く」とも告げられずに、ただ美都子に付いて来たからだ。

さっき美都子は、ドキッとした。祇園で麩もちぜんざい、そしてシークレットと言えば、もも吉庵のほかにない。お土産屋さんへ向かう前に念のため、もも吉に電話をして頼んでおいた。話を聞いたもも吉いわく、「女の子も二人いてはるんやろ。ひょっとしたら、『中学卒業したら舞妓さんになりたい』言うてくれるかもしれへん。大事にしなあかん」

と喜んでくれた。

美都子は、ガラリと格子の引き戸を開けた。

四人は、「ここはどこ?」とキョロキョロして落ち着かない。

点々と連なる飛び石が「こちらへ」と言うように人を招く。石の一つひとつは、晴天続きというのに、しっとりと濡《ぬ》れている。

「さあ、ここで靴脱いでお上がりやす」

上がり框《かまち》を上がり、奥へと進む。

襖《ふすま》を開けると、店内は、L字のカウンターに背もたれのない丸椅子が六つだけ。内側は畳敷きだ。隠源が、先に来て、いつもの奥の席に座って待ち構えていた。

「えろう遅かったやないか」

「かんにんかんにん、隠源さん。ぎょうさん土産品がありすぎて迷うてしもうて」

そのカウンターの向こうで、もも吉が今にもとろけそうな笑顔で、

「ようこそ、おいでやす。女将《おかみ》のもも吉どす」

と、畳に手をついて出迎えてくれた。

ピンクベージュ地に縦《たて》模様の着物。染帯《そめおび》の白地に青もみじ柄が映えている。そして、濃い緑の帯締め。もも吉の着物姿は、いつにも増して美しい。細面《ほそおもて》に富士額《ふじびたい》。髪は黒々としてとても七十を超えているとは思えぬ若々しさだ。

そんなもも吉を前にして、ますます四人は、おどおどして声も出ない様子だ。

カウンターの角の席で眠っていたおジャコちゃんが、首をもたげて、

「ミャアウ〜」

と鳴いた。

「あっ、かわいい〜」

そう言い、菜摘ちゃんが駆け寄る。おジャコちゃんは、アメリカンショートヘアーの女の子。ふらりと迷い込んで来たのを、もも吉が面倒をみている。どこかのお屋敷で飼われていたのか超グルメで、高級なちりめんじゃこが大好物なのだ。

そのおジャコちゃんが、大人しく菜摘ちゃんの腕に抱かれた。

「おや珍しい。初対面で腕に抱いてもらうのは初めて見たわ」

と、もも吉が微笑む。

「さあさあ、みんな座ってや」

美都子が促し、全員が席に着く。席が足りないので、美都子はカウンターの内側に座った。もも吉が、子どもたちに話し掛ける。

「ここはなぁ、以前はお茶屋どしたんや。お茶屋いうんはなぁ、舞妓さんや芸妓さん招いて大人の人が遊んだり、商《あきな》いの相談をするところや。こんな言い方したらキツイようでかんにんなぁ。ほんまは、あんたらは入られへんところなんや。『一見《いちげん》さんお断り』いうてな」

エマやんが、小声で尋ねる。

「一見さん……お断り?」

「そうや。初めての人は、フラッと来ても入れへんところのことや」

「え? そんなのおかしくないですか? 誰でも最初の一回目はあるわけだし」

今度は、舞ちゃんが聞いた。

「そんなことしたら、儲《もう》からないじゃないですか」

「二人ともええ質問や。『一見さんお断り』の店いうんはな、最初は、誰かに連れて来てもらわんと入れへんのや。親しい人の紹介でな。そいで何回も何回も利用させてもろうてるうちに、一人で来ても上がらせてもらえるようになる。ここは今はお茶屋さんやないけど、一見さんお断りなんや。そやけど今日は美都子や隠善さんの紹介のお客様ということで入れたんや」

「そ、そんな面倒な……」

「そう思うても当然や」

「なぜ一見さんはお断りなんですか？」

「それはなぁ、信用や」

「信用？」

もも吉は、ちょっと真面目な顔つきで講釈をした。

「お客さんがお茶屋で遊ぶ時、舞妓さんや芸妓さんの花代《はなだい》とか、お料理代とか、タクシー代とか、それからお土産代とか全部、お茶屋さんが立て替えてくれるんや。そやからお客さんは財布持たんと来られる。そいで、月末にまとめていっぺんに支払うんや。ツケやな。でもそんな高い金額、踏み倒されたらたいへんや。そやから信用でける人しか上がることがでけへんいうわけや。目先の儲けよりも、ず～っと長いことお店を続けてゆくことの方が大切やいう智恵《ちえ》でもあるんや」

「へ～、勉強になりました」

「さあさあ。難しい話はおしまいや。『麩もちぜんざい』の支度ができてますえ。大人数やさかい美都子も手伝うてや」

「へえ、お母さん」

「待ちくたびれたでぇ～」

と隠源が、ポンッと両の手を打った。

「じいさんも食べたいんか？　この子らのために拵《こしら》えたんや」

「え？　そんな殺生な〜」

「冗談や、うちらも一緒にいただきまひょな」

清水焼《きよみずやき》の茶碗《ちゃわん》が、おのおのの前に並んだ。

「わーキレイ！」

「ホント!!」

みんな声を上げた。隠源までもが、

「おお、これは『京ふうせん』やないか。流行《はやり》のナントカ映《ば》えいうんやろ！　ワシもカメラ持って来たらよかったわ」

と、楽しげだ。

京ふうせんは、『京菓子司《きょうがしつかさ》　末富《すえとみ》』の麩焼煎餅《ふやきせんべい》だ。赤、白、青、緑、黄と五色の砂糖衣《ごろも》で平安時代の女官装束《しょうぞく》の衣の色目を表現した小さめの煎餅は、口に含むと、サクッとしてフワ〜と溶ける。それが、茶碗の内側にぐるりと斜めに立ててある。

舞ちゃんとエマやんがスマホを取り出し、いろんな角度から写す。隠源が、子どもたちを急《せ》かせる。

「さあさあ、写真はもうええやろ。いただこ〜な」

「はい」

「いただきま～す」

　菜摘は、ますます落ち込んでいた。目の前に出されたぜんざいは、本当に美味《おい》しそうに見える。でも、食欲が湧いてこないのだ。昼間にお寺でご馳走になった湯葉丼も、ほとんど味がしなかった。なんだか申し訳ない気がして、無理矢理飲み込むように食べた。そのせいで、ずっと胸がムカムカする。

　さっきのお土産屋さんでは、舞ちゃんがスカーフを見ていた。そばに行って「それカワイイね～」と話し掛けた。気持ちは沈んでいるけど、何かしゃべらなきゃと思ったのだ。すると、プイッと他のコーナーへ行ってしまった。

（え!?　わたし何か悪いこと言ったのかな……）

　エマやんが、可愛い舞妓さんのストラップを選んでいた。舞ちゃんへのプレゼントに違いない。「舞ちゃんにはこっちの方が似合うかもよ」と言ったら、「そう?」とそっけない返事。そして、「トイレ行ってくる」と逃げるように離れて行ってしまった。

　この旅行では、もっとシュートとおしゃべりがしたかった。もう会えなくなるのだ。それなのに……シュートはずっと隠善さんと話し込んでいる。

せっかく転校を延ばしてもらったのに……こんなことなら来なければよかった。

菜摘は思った。きっと、知らず知らずに暗くて嫌な奴になっている自分に、みんなが愛想を尽かしたんだと。そうだ、ダンスの県大会も出場を止めよう。でも、そんなことしたら、みんなに迷惑がかかる。三人じゃ出場できなくなってしまう。まあいいや……どうせもう一生会うこともない人たちになるのだから。

菜摘は、麩もちぜんざいを一口、味わうことなく飲み込んだ。

美都子は、悩んでいた。やはり菜摘の様子がおかしい。何かあるに違いない。でも、どうやって声を掛けたらよいものか。ずっとそのタイミングを計っていたが、時間だけが過ぎてゆく。悩んでいると、隠善がみんなの顔を見ながら言った。

「東寺の仏様、素晴らしかったやろ。講堂の二十一体の仏様は全部、国宝か重要文化財に指定されてるんやで」

シュートが、少し高めのトーンで答えた。

「はい、あんまりカッコよくてびっくりしました。手に槍《やり》とか剣とか持ってて、バトルが始まりそうで」

エマやんが続ける。

「そうそう、カッケーったらないよなぁ」

みんなが盛り上がっている時、ぽつりと零《こぼ》れるような声が聞こえた。

「私は嫌い……うんざり……」

一斉《いっせい》にそちらを見る。菜摘だ。美都子は、やさしく声を掛けた。

「なんでやの」

「なんか怖い顔の仏像ばっかり……気持ちが悪くて」

隠善が助け船を出してくれた。

「そやなあ、わかるわ。僕もほんまは怖い顔した仏様は苦手や。東寺言うたら不動《ふどう》明王《みょうおう》、降三世《ごうざんぜ》明王、大威徳《だいいとく》明王……それに持国天《じこくてん》、増長天《ぞうちょうてん》と恐ろしい顔した仏像のオンパレードやからなぁ」

美都子は、それらの仏様を思い浮かべた。たしかに、どれも怒りの形相《ぎょうそう》をしている。不動明王は右手に宝剣を持ち、両目をカッと見開いて睨みつけ、上の歯牙《しが》で下唇を噛《か》んで恐ろしげだ。

菜摘は、ささやくような声ながらも、訴えるように言う。

「私、せっかく京都に行くんだから仏様にお願いしたくて……救ってもらいたくて、たくさんの仏像が見たいって思ったんです。……でも怖くて怖くて。なんであんな怖い顔してるんですか？　人を幸せにするのが仏様じゃないんですか？」

美都子は、一本取られた気がした。まさしくその通りだ。でも、ここで頷《うなず》くわけにはいかない。すると、もも吉が菜摘の問いを受け、答えた。

「ええとこ気づきはったなぁ。菜摘ちゃん、あんた偉いなぁ」

「え？　……」

「人にはいろんな煩悩《ぼんのう》がある。悲しみや苦しみ、そして人を憎んだり羨《うらや》んだり。なかなか穏やかな心を持つのは難儀《なんぎ》なもんや。そこで怖い顔した仏さんが、そんな悲しみや苦しみを追い払ってくださるんや。うちらの代わりになぁ」

菜摘の瞳が、少し大きく開いたような気がした。もも吉は、菜摘の眼をじっと見つめている。一つ溜息をついたかと思うと、裾《すそ》の乱れを整えて座り直す。普段から姿勢がいいのに、いっそう背筋がスーッと伸びた。帯から扇《おうぎ》を抜いたかと思うと、小膝《こひざ》をポンッと打った。ほんの小さな動作だったが、まるで歌舞伎《かぶき》役者が見得《みえ》を切るように見えた。

「菜摘ちゃん言わはったなぁ。ようお聞きやす」

「は、はい」

「実は、うちは仏様が怖い顔してはる理由は、もう一つあるんやないかと思うてるんや」

菜摘の眼差《まなざ》しは、何かの救いを求めているような真剣さが漂っている。

「世の中いうんはなぁ、一見鬼のように思える人が幸せを授けてくださるんやないかてな。辛い苦しいことが、いずれは希望に繋がるし、不幸に思えることが幸せに導いてくれる。ええか『幸運』言うんは、時に『不幸』の顔してやってくるんや。そやから不幸な目に遭《お》うても落胆することはないんやで」

美都子は、さすがわが母もも吉だと思った。あれこれと生き方でぶつかることはあるが、苦労を重ねて来た者にしかたどり着けない境地を感じた。隠源が、

「そやなぁ、ほんまや」

と頷いた時だった。一瞬、明るい表情になったかに思えた菜摘ちゃんが、初めて強い口調で言った。それは少しだけ、怒りと悲しみを含んでいるように思えた。

「そんなの嘘ッ！　不幸は続くの……」

「え？」

みんなが注目した。

「どうしたの菜摘ちゃん」

舞ちゃんが心配そうに声を掛ける。

「私は不幸だもの！　お母さんもお婆ちゃんも死んじゃったし、お父さんもいなくなっちゃったし……もうダンスもできないし……みんなが冷たくなったし」

菜摘が、まるで別人のように見えた。さっきまで、蚊の鳴くような声だったのに。

「みんな嫌い！　みんな自分が幸せだから、私のことなんかどうでもいいと思ってるのよ！」

その一言で、店内は一瞬にして暗い静寂に包まれた。菜摘は、

「一年前、突然、不幸が始まったの……」

と、あふれる涙を拭うこともしないで、しゃべり始めた。身体じゅうに溜め込んでいたものを一気に吐き出すように。

お母さんとお婆ちゃんが、事故に巻き込まれて亡くなった日のこと。

お父さんと二人で、その悲しみを乗り越えて来たこと。

卵焼きが上手く焼けるようになったけど、だんだんコンビニのお弁当が多くなったこと。

お父さんの様子がおかしくなったこと。

お酒を飲んで、怒鳴るようになったこと。

ついには、黙って家を出て行ってしまったこと。

親戚のおじさん夫婦がやって来て、仙台に引き取られること。

そして……みんなに向かって泣き叫んだ。

「私はもうダンスなんてできない！　幸せなあなたたちとは違うの！」

菜摘ちゃんの瞳からは、とめどもなく涙が流れ続けている。ずっと彼女の膝の上

に座っていたおジャコちゃんが、すり寄るようにして鳴いた。

「ミャ〜」

それは慰めているかのように聞こえた。

菜摘ちゃんは、自分が取り乱したことに気付いたようだった。

「ご、ごめん……みんな。せっかくの修学旅行がメチャクチャだね」

誰も何も言えず、店内は静けさに包まれた。

美都子は、どうしたらいいのかわからなかった。これを「オロオロする」というのだろう。沈黙を破って、シュートが思わぬことを言った。

「菜摘、みんな知ってるよ」

「え!?」

「菜摘んちが大変なことは、三人とも知ってるよ」

すると、舞ちゃんもエマやんも頷いた。

「なんで？　内緒にしてたのに……」

「担任の山田先生さ〜、口軽いじゃん。『お前ら内緒だぞ。あいつは修学旅行の後、転校するんだ。心も身体も参ってるはずだ。気遣ってやれ』って」

「……」

菜摘は声が出ない。美都子も驚いた。ふと見やると、もも吉と隠源も真面目《まじめ》な顔つきで菜摘を見つめていた。しかし、隠善だけが驚いた様子もなく、にこやかにしている。

「はい、コレ」

そう言い、舞ちゃんが包みを差し出した。それを手にした菜摘が、

「え？ ……何これ」

と戸惑う。

「いいから開けて」

菜摘は、ゆっくりと包装紙を解く。すると、中から西陣織《にしじんおり》のスカーフが現れた。続けて、エマやんが差し出した。

「僕からは舞妓さんのストラップ。きっと菜摘のカバンに合うと思って」

そしてシュートも。

「オレ、女の子のもん、よくわからんから。でも、菜摘はピンクが好きだろ。きっと似合うと思ってさ」

差し出す掌《てのひら》には、桜の花びらの髪留めがあった。さっき、みんなはお土産屋さんで菜摘へのプレゼントを選んでいたのだ。

「なんで……なんで……」

シュートが答える。

「オレたちさぁ、山田先生から聞いた時、大ショックでさあ。もうどうしていいかわからなかったんだ。大丈夫かぁ、とか、辛いよなあって慰めてもなんにもならないことはわかってた。オレたちも辛くてさあ。菜摘がいなくなるなんて信じられないんだ、今でも。みんなで相談してさ、今までと同じように付き合おうってさ。一緒にいられる時間は短いんだから、暗いのはヤメ！　明るくしようって……でも、ダメだった。何かしゃべろうとしてもぎこちなくて、悲しくて悲しくて。泣き出しそうになってしまうんだ。みんなも一緒だよ」

舞ちゃんとエマやんも、「うんうん」と頷いている。

「お寺で、隠善さんに聞かれたんだよ。『菜摘ちゃんの様子がおかしいみたいだけど、何かあったの？』って。それで、思い切って隠善さんに相談したんだ」

美都子は驚いて声に出した。

「え？　善坊……隠善さんに？」

「うん。そうしたら、これからお土産屋さんにみんなで行こうって。それで、気持ちの籠《こ》もった思い出になるものを選んでプレゼントしたらいいんじゃないかって」

ずっと静かだったもも吉が言う。

「なかなか粋《いき》なことされましたなぁ、隠善さん」

隠源も腕組みして言った。

「コイツにしては上出来じゃ」

美都子も感心した。

「隠善さん、どうして菜摘ちゃんのこと……気づきはったの？」

「いや、最初はただ元気のない子やと思うてただけや。そやけど、座禅を組んでる時になあ。あまりにも身体がフラフラと揺《ゆ》れるんや。それは間違いなくなんや大きな悩みを抱えている証《あかし》やと思うたんや。子どもいうんはまだ心が穢《けが》れてへん。まっさらな白い雪のようなもんや。それがこないに揺れるんは、何かあるに違いないてなぁ」

美都子は「ああ、それで」と納得した。それで隠善は菜摘にだけ、二度、警策を打ったのだと。舞ちゃんが、席を立ち歩み寄ると、菜摘ちゃんの肩に手を置いて言う。

「転校しても友達だからね、私たち」

「これは僕からや」

と、隠善は懐から何やら取り出した。

「はい、一人ずつな」

それは数珠《じゅず》だった。数珠といっても、カラフルで、虹色の勾玉《まがたま》を繋いで拵えてある。

「さっき買《こ》うたんや。お数珠は厄除《やくよ》けになるんや。邪気《じゃき》を払ってくれる。そうや、不幸もな。腕輪になってるさかい、みんなはめてくれたら嬉しいわ。うまく言えへんけど、『いつまでも仲良し』いう印《しるし》にな」

　みんな早速、腕に付けた。菜摘もはめて見つめている。エマやんが言う。

「友達じゃんオレたち、ずっとずっとな」

　菜摘ちゃんは、みんながくれたプレゼントを胸の真ん中にギュッと抱きしめた。肩が小刻みに震える。再び、涙があふれて来た。

　シュートが、スックと立ち上がった。顔が赤い。彼も気持ちが高揚《こうよう》しているのだろう。そして……思わぬことを口にした。

「さっきさ、隠善さんと東司で並んでオシッコしてた時さ……」

　いったい何が言いたいのだろう。みんなが注目する。

「隠善さんに言われたんだ。『若いっていうのは、いいよね。僕は気が小さいから、思うことも言えず後悔ばかりの人生だよ。だから、今を大切に生きなよ』って……それでさ、オレさ。オレさ、遅いかもしれないけど……ううん、遅くないよな」

「なんだよ、シュート」

　エマやんが急《せ》かす。

「オレ、菜摘のこと、ずっと好きだったんだ。ホントのこと言うとさ、サッカー部辞めてダンス部に転部したのも、いつも菜摘のそばにいたかったからなんだ。離れ離れになることわかってる。でも、でも、付き合ってほしいんだ」

「やったじゃん」

「イェーイ！」

舞ちゃんとエマやんが叫んだ。菜摘ちゃんは、あまりの突然の告白に、言葉を失っている。

美都子は、心底参っていた。ずっとずっと、善坊のことを弟としか見ていなかった。しかし、本当に「ええ男はん」になった。いや、それだけではない……。隠善を横目でチラリと見て、心の中で呟いた。

（あかん、うち、惚《ほ》れてしもうたかもしれん）

その時、表の小路から声が響いて来た。

「ごめんやす」

「あっ、来はった来はった。さあさあ、みんな表に出ておくれやす」

美都子が促す。

「なんですか？」

とエマやんが尋ねる。

「ええから、ええから」

四人とも、わけがわからない、という表情のまま、再び靴を履いて表に出る。

「あっ！」

「舞妓さんだ!!」

「もも吉お母さん、美都子さんお姉さん、こんばんは」

「本物の舞妓の、もも夢《ゆめ》さんと、もも照《てる》さんや。忙しいところかんにんな」

「かましまへん」

美都子が説明する。

「実はなぁ、エマやんの望みの『舞妓さんに会う』いうんが一番難儀どした。そりゃあ、うちやお母さんが頼んだら、いつでも舞妓さんは来てくれはる。そやけど、舞妓がお座敷やこういうお店に来るんは仕事やさかいにタダゆうわけにはいかん。それで、お座敷に出向く前に、ちびっとだけ挨拶がてら寄ってもろうたいうわけや。さあさあ、みんなで写真撮ろなぁ」

四人は、舞妓さん二人と並ぶ。

「ええかぁ、みんな〜。一緒に言うてなぁ。笑顔で、ハイ！　ポーズ」

美都子が、舞ちゃんのスマホを借りて撮る。

菜摘の涙もいつしか乾いていた。

美都子や隠源、隠善はもちろんのこと、もも吉でさえも気づかなかった。

さっきまで、自分のことを「不幸」だと嘆いていた菜摘が、「私もこんなキレイな舞妓さんになりたい」と思っていたことに……。

第二話　彷徨《さまよ》いて　祇園囃子《ばやし》に立ち止まる

そ〜れ！
コンコンチキチン、コンコンチキチン
コンコンチキチン、コンチキチン

太鼓方《たいこかた》、笛方《ふえかた》、鉦方《かねかた》からなるお囃子《はやし》が、四条通《しじようどおり》に響き渡っている。なんとも雅《みやび》な音色《ねいろ》だ。

祇園祭《ぎおんまつり》は、疫病《えきびよう》退散を祈念する八坂《やさか》神社の祭礼だ。その囃子は、疫病の因《もと》となる悪霊《あくりよう》を楽しい演奏に酔わせて、退散させるためだと言われている。

どこから聞こえるのかわからない。おそらくアーケードのＢＧＭだろう。

「ねえねえ、あのおじちゃん、なんで右と左の靴の色が違《ちご》うてるの？」
「指差したらあかん」
「ねえ〜なんでぇなんでぇ」
「ええから行くで」

女の子は幼稚園の年長さんだろうか。いかにもオシャレな水色のワンピースを着た母親に、グッと手を引かれて雑踏《ざつとう》に消えて行った。こんなことは日常茶飯事《にちじようさはんじ》だ。別に落ち込むこともない。

後藤富夫《ごとうとみお》は歩道に立ち、先ほどからずっと、組み上がる長刀鉾《なぎなたほこ》の様子を見ていた。夕べまで降り続いていた雨も、いったん止《や》んだ。今年の梅雨《つゆ》はよく降る。じめじめして不快指数も相当高いに違いない。背中を幾筋もの汗が伝っている。

今日は七月の十一日。昨日から、長刀鉾の「鉾建て」が始まっている。祇園祭のメインイベントといえば、山鉾巡行《やまほこじゅんこう》だ。前祭《さきまつり》、後祭《あとまつり》に分かれて、山と鉾が市内を曳《ひ》かれて巡る。その山鉾を組み立てるのも、祇園祭の大切な行事の一つなのだ。その組み立てを担うのが、「作事方《さくじかた》」と呼ばれる職人たちである。さらに細かく、携わる部分について担当する仕事が分かれている。

手伝方《てつたいかた》、大工方《だいくかた》、車方……。例えば「車方」は、文字通り、車輪を取り付けることだけを行う専門の職人だ。

もう二時間以上にもなるだろうか。富夫は、見惚《みと》れていた。「手伝方」の職人が、一本の釘《くぎ》も使わず、縄だけで木の部材を組み上げていく。それを「縄絡《なわがら》み」という。

「芸術や」

と、溜息をつく。大勢の人が「鉾建て」の様子を見守り、カメラを向けている。だが、富夫の半径一メートル以内には、誰も近寄っては来なかった。これもいつものことだ。柱にしがみつくようにして上《のぼ》るたくましい男は、自分と同じくらいの歳か。腕の筋肉が眩《まぶ》しいほどに唸《うな》っている。それを見て、富夫の職人の血が騒いだ。

「俺も、できることなら、鉾建てに関わってみたいもんや」

そうポツリと呟《つぶや》いた後、首を左右に振って下を向く。

「あかんあかん、そないなことでけるわけないやないか……それよりもせなあかんことがある」

富夫は再び、街を歩き始めた。


四条通から東洞院通《ひがしのとういんどおり》を上がる。

ふらふらと歩きながら、左右にある飲食店を物色した。

「ここもあかん」

「ここもや」

富夫は、錦小路通《にしきこうじどおり》に入った。

「京の台所」と称され、料亭の料理人や市民が食材などを求めにやって来る「錦《にしき》市場《いちば》」だ。京野菜、旬《しゅん》の魚、乾物、菓子、鶏卵、漬物《つけもの》、花、器、刃物……と扱う品は多岐《たき》にわたる。とはいうものの、近年はもっぱら観光客目当ての食べ物のテイクアウトのお店が増えてしまい、昔ながらの雰囲気が失《う》せたと嘆《なげ》く御仁《ごじん》も多い。

富夫が歩くと、サーッと人が引いていく。向こうからやって来た団体の観光客も、まるで「モーゼの十戒《じっかい》」の海の如《ごと》くサーッと左右に二つに割れた。その真ん中を、ゆっくりゆっくり歩んでゆく。富夫はまた立ち止まった。

「麩嘉《ふうか》　錦店」

京料理には欠かせない生麩《なまふ》専門店の支店だ。

「ここの麩まんじゅう、親方が、ようご馳走《ちそう》してくれはったなぁ」

と、懐かしげに呟いた。親方は、大の甘党だった。それには理由がある。体力勝負の職人にとって「おやつ」は欠かせない。すぐにエネルギーを補給できるものがいい。それには「おまんじゅう」が持ってこいなのだ。

親方は弟子《でし》に麩まんじゅうを買いに行かせる際、わざわざクーラーボックスを持たせた。こしあんを、餅粉を混ぜた生麩で包んであるので、常温では傷《いた》んでしまうのだ。仕事場が屋外ゆえ、なおさらである。

そんなことをつらつらと思い出していたら、奥の店員さんと目が合ってしまった。別に疎《うと》まれたわけではないが、迷惑を掛けぬように退散する。「麩嘉」の角を曲がってみることにした。再び、ぶらりぶらりと両側のお店を見て歩く。

「む……なんや良さそうな雰囲気や」

ビルの一階。新築して間もないようだ。

「よし、ここに決めた」

そう呟き、富夫は暖簾《のれん》をくぐった。

一気にコップの水を飲み干した。店内はエアコンがきいているが、今飲んだ水がもう汗となって噴き出してくる。頼みもしないのに、空のコップに水が注ぎ足された。おばちゃんが、にっこりと微笑《ほほえ》んだ。かなり饐《す》えた臭いがするはずだが、嫌な顔一つしない。富夫は、嫌な予感がした。

(間違《まちご》うたかもしれへん)

しかし、もう遅い。注文してしまった。おそらく、もうすぐ出来上がる。ほどなく、素《す》うどんが運ばれてきた。胸が苦しい。

ドクッ、ドクッ……。

自分でも鼓動《こどう》が聞こえて来るようだ。エエイッ、と箸《はし》を割ってすすった。美味《うま》い。どうしようもなく美味い。これから起きること、いや起こそうとすることに緊張はピークに達していた。にもかかわらず、自分の舌の正直さが嫌になった。

ゴクッ、ゴクッ、ゴックン。

わずか三口で、お汁《つゆ》も飲み干してしまった。

(ええお出汁《だし》や……さて、覚悟決めなあかん)

さっきのおばちゃんに小声で告げた。

「お巡《まわ》りさん呼んでもらえますか？」

「え？」

おばちゃんは、キョトンとして首を傾《かし》げた。もう一度。

「お巡りさん呼んでもらえますか？　……お金持ってへんのや」

すると、おばちゃんは一歩下がって、改めて富夫の足元から頭のてっぺんまでをじっと見つめた。靴は、薄汚れたスニーカーだ。何か所か穴が空《あ》いている。グレーと赤、左右の色が違っている。おまけにサイズも。それは、ごみの収集場で別々に拾ったものだった。肩まで伸びたボサボサの髪。元はベージュだったはずのスラックスも、黒ずんでいる。裾《すそ》のほつれた黄色いTシャツ。これでもときおり、公園の水飲み場で洗濯をして清潔を心掛けているつもりなのだが……。

おばちゃんは奥の厨房《ちゅうぼう》へ行き、店主に何やら囁《ささや》くのが見えた。おそらく、旦那《だんな》さんだろう。二人してこちらをチラリと見たかと思ったら、店主が厨房から出て来た。コロッケやポテトサラダなどが入っているガラスケースの扉を開ける。その中から一つ皿を取り出して、富夫のところへ持って来た。

トンッ。

目の前に置かれた小皿には、お稲荷《いなり》さんが三つ載っていた。

「え⁉」

店主の顔と、お稲荷さんを交互に見やった。油揚げの表面からお出汁がにじみ出て、いかにも美味そうにテカっている。富夫は喉《のど》から手が出るほど、食べたいと思った。店主が言った。

「素うどんだけやったら足らへんやろ。よかったら、これも食べなはれ」

「……」

ぶっきらぼうではあるが、言葉尻に温《ぬく》もりが感じられた。店主の瞳は、哀れみを含んだものではなく、やさしさにあふれている。

それがいけなかった。

富夫はうつむく。その厚意が心にジーンと沁《し》みてくる。まるで、和紙に墨汁《ぼくじゅう》を一滴たらすが如く。知らず知らず、涙が零《こぼ》れた。その涙をさらにうつ向いて隠す。膝の上で拳《こぶし》をギュウッと握りしめる。

嬉《うれ》しかった。でも、でも、……その厚意を受けるわけにはいかない。心の底から「申し訳ない」という気持ちが湧き出してきた。

(あかん、悪い予感が当たってしもうた……)

これ以上、その場にいられず、

「か、かんにんしてください」

と吐き出すように言い、店を飛び出した。なけなしの百円玉五つをテーブルの上に置いて……。店主夫婦の厚意のせいで、今日も願いはかなわなかった。

「なんやなんや。どこ行っとったんや」

そう甘えた声で、もも吉に訴えるのは隠源和尚《いんげんおしょう》。祇園の花街《かがい》に隣接する建仁寺《けんにんじ》塔頭《たっちゅう》の一つ、満福院《まんぷくいん》の住職だ。息子で、副住職の隠善《いんぜん》もいる。

「ばあさん、待ちくたびれたでぇ」

「誰がばあさんやて」

もも吉は、チラリと睨《にら》みつけた。間違っても、もも吉のことを「ばあさん」などと呼べるのは、花街広しといえども隠源だけだ。

「じいさんの方こそ、なに勝手に人の家に上がり込んでますのや」

「美都子《みつこ》ちゃんに言うたら、上がらせてくれたんや」

美都子はもも吉の娘で、以前は祇園甲部《ぎおんこうぶ》の芸妓《げいこ》だったが、故《ゆえ》あって今はタクシードライバーをしている。

「美都子はどないしたんや」

そう言ったところへ、奥の間から美都子が出て来た。

「かんにんえ、お母さん。隠源さん、いくらでも待たせてもらう言うんやもん」

「はあ〜」

と、もも吉は肩を落として溜息をついた。

もも吉庵の女将《おかみ》のもも吉は、祇園で生まれて祇園で育った。十五でお店出《みせだ》しをして舞妓《まいこ》に、二十歳で芸妓となった。その後、母親が急死してお茶屋を継ぎ女将になったが、今は、故あって甘味処《かんみどころ》に衣替えをしている。店はL字のカウンターに丸椅子《まるいす》が六つ。おもてなしをするカウンターのこちら側は、畳敷きだ。看板はない。いわゆる「一見《いちげん》さんお断り」の店である。

もも吉庵は、麩もちぜんざいが唯一のメニューだ。それを食べに、花街の人々がやってくる。

もも吉は、若い頃から「おせっかい」が嫌いだった。行き過ぎた親切や心遣いは、かえって仇《あだ》になることがある。しかし、歳を重ねるに従って、少しばかり考えが変わってきた。「言うこと、思うことも言わんと死んでしまうのもなぁ」と思うようになったのだ。さまざまな悩みを抱える人の相談に乗るうち、いつしかそちらの方が生業《なりわい》のようになってしまった。

そのもも吉庵に、ときおり隠源は寺の仕事をサボッて麩もちぜんざいを食べに来る。あまりにも長居をするので、しばしば隠善がお目付け役に付いて来る。

もも吉が言う。

「今、支度《したく》するさかい、ちびっと待っとき」

「あのな、もう冷やしぜんざいの時期やろ。そやけどこの長雨で、なんや暑いんか寒いんかわからへんようになってるんや、汗かくと冷たいもん食べたい思うけど、今日は身体《からだ》の芯がこう冷え冷えするよって、温《ぬく》うしたのを頼めんやろか」

「うちも、そう思うてたとこや。温いのにさせてもらいまひょ」

壁の一輪挿しには、いまだに小さなアジサイが活《い》けてある。それを眺めて、隠善が言った。

「ほんま、こないにアジサイの似合う梅雨《つゆ》も珍しいなあ」

それほども待たずに、再び奥からもも吉がお盆を持って戻って来た。

「さあ、どうぞおあがりやす」

隠源、隠善、美都子と、おのおのの前に清水焼《きよみずやき》の茶碗《ちゃわん》が置かれた。いつもと違って、碗《わん》には蓋《ふた》が付いている。一番に隠源が蓋を開けると、湯気が立った。

「あ～ショウガの匂いや」

「そうや、ショウガいうたら高知《こうち》が有名やけど、これは京都の地のもんや。目ぇの細かい卸し金で摺《す》り下ろして、ほんのすこ～しだけぜんざいに載せてみたんや」

「う～ん、鼻にツンとくるで」

隠源は、そのショウガをクルクルッとぜんざいに溶き、一匙《ひとさじ》、口に運んだ。

「あ〜温うなるわ」

隠善も、美都子も続けて頷《うなず》いた。

「これはええなあ、お母さん」

「ほんま、ショウガ入れたらこないに美味《おい》しゅうなるなんて、今まで知らなんだ。もも吉お母さん、天才や」

「そうでっしゃろ」

もも吉は、みんなが満足してくれたことが何よりも嬉しかった。

「実はなぁ、今日遅うなったんは用事済ませた後、早めのお昼に馴染《なじ》みのうどん屋さんに寄って来たからなんや」

「それがどないしたんや」

と、食べ終わって満足げの隠源が尋《たず》ねる。

「まあ聞きぃ。そないしたら、そのうどん屋のご主人と息子さんがケンカしてはるんや。早い時間で、うちしかお客はおらへんさかいに良かったんやろけどなぁ」

「親子ゲンカて、原因はなんなんや」

「それがなぁ……どっちの言い分もわかる話でなぁ」

「それで?」

と、隠源が促した。

「その店の店主は、えろう気のええお人でなぁ。以前から、お金のない学生さんに大盛サービスしてあげたり、支払いの代わりに奥で皿洗いさせたりしてな。奥さんも、厨房手伝《てつど》うてはる跡継ぎの息子さんも、『まあこれもおやじの道楽みたいなもんや』と黙って見てたそうなんや」

「ええことやねぇ。ここは学生の町やから」

と、隠善が感心して腕組みをして頷いた。

「ところがな、昨日のことやそうや。いかにも住むところにも困ってはるような風《ふう》体《てい》の男はんが店に入って来たそうなんや」

隠源が言う。

「ホームレスやな」

「そうや。その男はん、素うどん食べ終わったと思うたら、『お巡りさん呼んでくれ』言わはって。ご主人は、それ聞いてお巡りさん呼ぶどころか、お稲荷さん追加でご馳走《ちそう》しようとした言うんや。それで、息子さん……かんにん袋の緒が切れてなぁ」

隠源をはじめ、三人は、もも吉の話に引き込まれた。

「つい最近な、息子さんがお嫁さんもらうことになってなあ。それまでは勝手に長いこと旅に出たり、戻ったりしてはときどき店の手伝いしててな。そやけど、結婚を機にお店を継ぐことを決めたそうなんや。ご両親とも喜ばはってなぁ。店をビルに建て替えて、二階に自分ら、三階に息子さん夫婦を住ませることにしはったんや」

「ほほう、核家族が当たり前になった今どき、ええ話やないか」

「ところが、その息子さんがなぁ。いざ店を継ぐとなったら父親のやることに口出しするようになったいうんや。その一つが、ご主人の道楽のことや。『うちもビル建てるのに借金して経営がたいへんなんや、タダめし食べさせるんもいい加減にしい』てな。ご主人は普段は温厚なお人なんやけど、うち、怒鳴《どな》らはるの初めて聞いたわ」

隠源が尋ねる。

「どないに怒ったんや」

もも吉は、一口お茶を飲むと、話を続けた。

「『お前は勘違いしてるんや。タダめし食わしてやってるわけやない。こちらから、頭下げて、食べていただいているんや』てな。そやけど息子さんにはそれが理解でけへんらしくて……」

「おお、ご主人、それは感心なことや。つまり『お布施《ふせ》』やな。隠善はその気持ち、ようわかるやろう」

　隠源から急に話を振られたが、隠善は淀《よど》みなく答えた。

「うん、ようわかるで。長いこと、雲水《うんすい》の修行に出てたやろ。あちらこちらの家を回って、お米やお金の施《ほどこ》しを受ける托鉢《たくはつ》をしてた時のことや。京都や地方の古い町では、お布施をした人の方が『おおきに』とか『ありがとうございました』言うてくださるんや。『お布施させていただいて感謝します』いうことやね」

　隠源が話を引き継ぐ。

「お布施いうんは、自らが徳を積むためにするもんや。至らない、悩み多い自分やから、人のために自分の大切な物を施すことで、精進《しょうじん》しようという心の現れがお布施や。それを、うどん屋のおやじさんは息子に教えたかったんやろなあ」

「そんなん、昔は普通のことやった。世知辛《せちがら》い世の中になったもんや」

　と、もも吉は呟いた。カウンターの角の定席で丸くなって眠っていたおジャコちゃんが、急に背伸びをして、

「ミャウ〜」

　と鳴いた。アメリカンショートヘアーの女の子。もも吉庵のアイドルのような存在だ。もも吉には、その声が、「人間は難儀《なんぎ》な生きもんやなぁ」と言っているかに聞こえた。

「かんにんな、おジャコちゃん。うちらばっかりぜんざい食べて。今、ちりめんじゃこやるさかいに」

そう言い、もも吉が小皿に好物のちりめんじゃこを与えると、無心に食べ始めた。

「うちはおジャコちゃんから、『おおきに』言われたことない。つまり、毎日、お布施してるみたいなもんやな」

「ふふふ」

と、美都子が笑った。おジャコちゃんが食べる様子をみんなで見つめていると、隠源が急に声を上げた。

「そうやそうや。ワシも一輪挿しのアジサイ見てたら思い出したわ」

と、カウンターに身を乗り出すように言う。

「なんどす?」

美都子が、興味深げに尋ねた。

「それがなぁ……もう半月ほど前のことや。アジサイの名所の三室戸寺《みむろとじ》で住職の集まりがあってなぁ」

「集まりや言うては般若湯《はんにゃとう》飲んでるんと違いますか」

「む、む、図星や」

般若湯とは僧侶の隠語でお酒のことだ。

もも吉に言い当てられて小さくなった隠源に、美都子がやさしく声を掛ける。

「隠源さん、身体気ぃつけてな。総合病院の高倉《たかくら》先生《センセ》に甘いもんだけやなくて、お酒も控えるように言われてるんやないの」

「まあまあ、話聞ぃてぇな」

と自分のことは棚に上げ、隠源がしゃべり始めた。

「十人くらいの坊主が集まった席やった。その中にな、つい最近、病気がちの父親から譲られて住職になったばかりの若いもんがいたんや。その坊さんの話なんやが……」

もも吉も美都子も、居住まいを正して隠源の方に向いた。隠源の神妙な様子から、何かを感じ取ったからに他ならない。

「ある日なぁ、境内《けいだい》をいかにもホームレスやいう着古しのシャツ来た年配の男がウロウロしてたゆうんや。軒下《のきした》とか倉庫とかに居つかれても困る。そやけど御仏《みほとけ》に仕える身や。見てくれが貧相やからと言うて、追い出すわけにもいかへん。それで、座敷の障子をちびっと開けて時々、様子を見てたそうや」

「……」

ひとつ息をついて隠源は話を続けた。

「そないするうち、本堂の前まで来て、手を合わせたかと思うたら、また庭の方へと戻り、しばらくしてまたご本尊に手を合わせにやって来る。キョロキョロしながらなぁ。その若い住職は『やっぱり』思うたそうや。お賽銭《さいせん》盗もうとしてるんに違いないとな。それで、どうなった思う?」

もも吉は我慢できず、急《せ》かした。

「もったいぶらんでもええさかい、早《は》よ続き言いよし」

隠源は、身振り手振りを加えて語り口調になった。

「男はな、ついに賽銭箱に手を突っ込んだんや。そやけど、隙間《すきま》から手ぇなんぞ入るわけがない。すると、肩に掛けたカバンから針金みたいなもんを取り出して、賽銭箱に差し込んだんや。そこで若い住職は、障子を開けて飛び出そう思うた」

「それで」

もも吉も先が気になって仕方がない。

「ところが、針金引っ込めて、またキョロキョロや。一瞬その男と目が合うたような気がして、パタンッと障子を閉めたそうや。なんや、いったいどうしたいんかわからへん。参拝客は一人もおらへん。盗もう思うたら盗める。いや、それよりも妙なんはコソコソした様子がない。反対になぁ、誰かに見てほしい、見られたい、いうような素振りやった言うんや」

もも吉は我慢できず口を開いた。

「ひょっとしてそのホームレスはん、賽銭泥棒して捕まりたかったのと違いますやろか」

「たぶん、そうやろ。そのとき、若い住職の話をじっと黙って聞いていた長老格の住職がな、『同じような男、うちの寺にも来たで』て言うたんや」

「え⁉」

と、美都子が声を漏《も》らした。

「その長老の寺でな、朝早《あさはよ》うに、なんや本堂の方でガチャガチャいう音が聞こえたそうや。行ってみたら、見すぼらしい格好の男が賽銭箱の鍵を壊そうとしてる。『何してるんや！』言うて駆け寄ったら……普通は逃げるわなぁ。ところが、その男はカバンから拳大《こぶしだい》の石取り出して、カンカンッと鍵に叩《たた》きつけた。長老は思ったそうや。これは妙や、見つかったら逃げるはずやて。これはわざと罪を犯して捕まって、刑務所に入ろうと企《たくら》んでるんやないかてな」

美都子が驚いたように言う。

「そ、そないな人おるん？」

もも吉が、隠源の代わりに答える。

「世の中、いろいろ事情抱えたお人がおるんや」

「それでな、長老は庫裏《くり》へ案内してなぁ。ちょうど炊《た》けたばかりのご飯で、おにぎり握ってやったそうや。それだけやない。『もうこないなことしたらあかんで。困ったことがあったら、いつでもうちへ相談に来なはれ』言うて、少しばかりのお金包んで渡してやったそうなんや」

「立派なお方やねぇ」

美都子が感心する。

「その話聞いて、若い住職は『私はそのまま帰してしまいました。気ぃ回らなんだ。ええ勉強になりました』って言うてたわ」

「そうどしたか」

と、もも吉が胸に手を当ててホッとした表情で頷く。だが、隠源の次の言葉を聞いて、とたんに眉をひそめることになった。

「それがなぁ、そのホームレス。どうやら、うちらの知ってるお人らしいんや」

「え？　なんやて！」

「うん、長老と若い住職の話によるとなぁ、仁斎《じんさい》さんところにおった職人さんに似てた言うんや」

「まさか……」

美都子が、隠源に尋ねた。

「ということは庭師さん？」

「ああ、腕のええ男やった」

急に顔色の変わったもも吉が、美都子に言った。

「美都子もたぶん覚えてるはずや。うちの奥の坪庭《つぼにわ》を長いこと世話してくれてたお人や。行方不明になったて聞いてずいぶん心配してたんやが……」

もも吉は、うつろに宙を見上げた。


ガタガタ……。

富夫は席についてから、ずっと足の震えが止まらない。覚悟はできている。自分から望んで計画したことなのに、心をどこかに置き忘れてきてしまったような気がした。

(貧乏人が、貧乏ゆすりか)

と、自分でも苦笑いしてしまった。

南禅寺《なんぜんじ》グランドホテルの一階ラウンジ、一番奥の席。富夫は公園で知り合った仲間三人を連れてやってきた。ともに、助け合って生きてきた戦友と言ってもいい、気の置けない間柄だ。

一年中変わらず、紺色のジャケットを羽織《はお》ってるのは「船長」だ。名前は知らない。みんながそう呼んでいる。なんでも、遠い昔に、タンカーの船長をしていたという。いや、豪華客船の船長だったと言う者もいる。富夫は自分が「こうなる」前なら、「そんなアホな」と思っただろう。しかし、今は素直に信じている。

「部長」の場合は、その呼び名は本人の口癖が由来だ。

「俺が部長だった頃は、接待で毎日、祇園や上七軒《かみしちけん》に入り浸っていたもんや」

「部長はタクシーチケットが切り放題やからなぁ、電車とかバスなんか乗った覚えがあらへん」

などと、昔話ばかりするからだ。誰もその自慢話を、疑って問い詰めるようなことはしない。誰もが過去を持っている。その過去に触れないことが、居場所の定まらない者同士の暗黙のルールなのだ。

そして、もう一人は「ミスター」。言わずと知れたジャイアンツの長嶋茂雄《ながしましげお》の大ファンだ。日に一度は必ず、

「あの天覧試合見に行ったんや。さすがミスターや。そんな大舞台でサヨナラホームラン打つんやからなぁ」

と興奮してしゃべくりまくる。幼い頃からプロ野球マニアだという「船長」が、こっそり教えてくれた。その天覧試合は、一九五九年のことらしい。まだ五十半ば

の「ミスター」は、生まれてもいないはずだ。誰がどう考えてもおかしい。

しかし、みんな「そうなんや、スゲーな」と相槌《あいづち》を打って聞いている。

梅雨時ということもある。普段にも増して酸い臭いを漂わせながら、富夫は三人を引き連れて南禅寺グランドホテルのエントランスの前までやって来た。ここは、京都を訪れる世界中のＶＩＰ御用達《ごようたし》の高級ホテルだ。ハリウッドのスターや、各国の大統領、さらにヨーロッパの王族も宿泊したことがある。

富夫は、気弱になって立ち止まった。目の前のドアマンが、自分たちを制するかのように構えていたからだ。それはそうだろう。どう考えても、このホテルの客として似つかわしいとは思えない。ドアマンが近寄って来た。

「どちらをご利用でしょうか？」

ドアマンの顔に書いてあった。「ここはあなたたちが来るところではありませんよ」と。しかし、そんなことは口に出して言えるはずもない。すると、船長がみんなに小声で言った。

「ええか、こういうんは、臆《おく》したらあかん。自分は、タキシード着た紳士やいう顔して通るんや。ええか」

そして、船長は先頭になり答えた。

「ラウンジや」

「お、お食事でしょうか」

「そうや、なんや不都合なことでもあるんか？」

そう言い放ち、胸を張って進んだ。富夫らも後に続く。すると、不思議なことに、ドアマンがたじろぎ、一歩下がったのだ。そして、小さく一礼をして、

「いらっしゃいませ」

と言った。かなり顔をこわばらせてはいるが……。ドアを通って中に入る。すると、急に「船長」の口数が多くなった。

「どうや、言うた通りやろ。俺がプリンセスオーシャン号の船長だった頃はなあ……」

富夫が、再び先頭になり、

「船長、後で聞くさかいに、早よ行こう」

と言うと、船長は、

「そ、そうやな」

と小刻みに身体を震わせて言った。どうやら本当は相当、緊張しているらしい。

ずんずん、奥のラウンジへと進む。部長が言う。

「赤いウインナーあるやろか」

「さあな～、俺は卵焼きがええ。甘～いやつ」

と、ミスター。富夫は何を注文しようか、と考えた。しかし、何も頭に浮かんでこなかった。

富夫は、親方の信頼が厚い庭師だった。特に、褒められたりしたことはない。親方も、富夫同様に口数が少なく、気持ちを伝えるのが苦手だ。それでも、「信頼」されているという気持ちは、任せられる仕事先ではっきりと伝わってきた。青蓮院門跡《しょうれんいんもんぜき》、東福寺《とうふくじ》の塔頭、岡崎《おかざき》のさるお大尽《だいじん》の別邸など、名だたる庭の仕事に入る時、細かい注意をされることなく「ここはお前に任せるさかいにあんじょうやってや」とだけ命じられた。そんな瞬間、富夫は最高の幸せを感じたものだった。

富夫は、子どもの頃から人と話をするのが大の苦手だった。勉強も苦手で、教室ではただ教科書を開いているだけ。小学校の高学年になっても、九九を最後まで言うのが怪しかった。両親にかなり心配されて、病院に連れて行かれたこともある。話さないから、友達もできない。そこに居るのか居ないのかもわからない。クラスメイトに「ゆうれいみたいや」と、からかわれることもあった。かといってイジメの対象にはならなかった。何を言われても反発もしないし、ボーッとしているだけ。イジメのし甲斐《がい》がないらしい。それでも学校へは休まず通った。昼休みになると、校庭の隅の誰も来ないところで、ただぼんやりして時間を過ごした。

　小学五年の、ある春の日のことだった。給食を食べ終わると、みんなは校庭で遊ぶ。もちろん富夫がそれに加わることもないし、誰も声を掛けたりはしない。その日は、校舎裏、フェンスの網目から外を通る車を眺めていた。特に車が好きというわけでもない。半ズボンのポケットに手を突っ込むと、何かが手に触れた。昨日、母親からおやつにもらったクッキーだった。ビニールの小袋の中で粉々に砕《くだ》けている。袋を破くと、その勢いで地面にパ～ッと散った。その粉に、アリが集まって来た。富夫は、しゃがみこんでアリの忙《せわ》しない様子を見つめた。

　時が経つのを忘れた。その時、後ろから声を掛けられた。

「黄色い花が可愛いなぁ。それはカタバミいうんや」

　振り向くと校長先生だった。

「え⁉　……カタバミ？」

　しゃがんだまま、今一度、下を向く。するとそこには、小さな小さな黄色い花が咲いていた。あいかわらず、アリがその花の周りを縫《ぬ》うようにして歩き回っている。富夫は突然のことで返事もできなかった。校長先生は、ニコニコしている。

「可愛いやろ」

「う、うん」

そう返事をするのが精一杯だった。それよりも、こんな場所に誰にも見向きもされない花が咲いていることに驚いた。さっきまでは、地面を走り回るアリにしか目が留まらなかったのに、辺りにいくつも雑草が生えていることに気が付いた。

「あれは？」

と、そばの倉庫の陰を指さした。地面に緑色のものが張り付いている。先生は、さらに笑顔になって答えてくれた。

「ああ、ゼニゴケや」

「コケ？」

「苔《こけ》は面白いでぇ。図書室に図鑑があるさかい調べてみなはれ」

キ〜ンコ〜ンカ〜ンコ〜ン。

昼休みが終るチャイムが鳴った。

「始まるで」

「うん」

富夫は慌てて、教室へと駆けた。


その日の放課後、図書室に行った。目が回るほどの本がそこにはあった。どこに苔の図鑑があるのかわからない。図書委員に話し掛ける勇気はない。三十分以上も棚を端から順に探していき、ようやく見つけたのは『雑草図鑑』だった。パラパラッとページをめくる。偶然、開いたところに、昼間見た「カタバミ」が載っていた。

「きれいやなぁ」

思わず口に出た。イヌフグリ、オニタビラコ、ハルジオン……。どの花の美しさにも溜息が出た。富夫の知らない世界がそこにあった。

次に、ようやくその棚の下の段に見つけた。

『日本の苔大図鑑』

かなり分厚い専門書のようだった。『雑草図鑑』は子ども向けのようだったが、こちらは読めない漢字ばかりがたくさん並んでいた。でも、ページを開いたとたん、身体《からだ》にビリビリッと電気が走ったような気がした。

ハイゴケ、スナゴケ、ホソウリゴケ……。

「こないにキレイなもん、見たことない」

地面に這《は》いつくばって生えている。誰も見向きもしない。なのに、それらにも名前があることにまたまた驚いた。

富夫は、世界がパッと広がったような気がした。朝起きて学校へ行き、誰ともしゃべらず家に帰ってテレビを見て寝る。そんな生活が一変した。家を一歩出た時から、すべての草花、樹々を見て愛《め》でるのが楽しくて仕方がなくなった。もちろん、一番に好きなのは、苔だ。近くの神社が、富夫の居場所になった。石灯籠《いしどうろう》、鳥居《とりい》、お社《やしろ》の北側の地面……。図書室で借りた図鑑を抱えて、一つひとつ名前を調べる。

「ええ子やなぁ」

「なんや今日は元気ないなぁ」

などと、苔に向かって話し掛けた。知らない人が見たら、「あの子、大丈夫やろか?」と思うに違いない。それでも、両親は何もとがめたりはせずに見守ってくれた。実は、それには理由もあった。図鑑を読もうとして、辞書を引くようになった。すると、学校で習わない漢字もわかるようになる。文章を読むのも得意になり、国語の成績がクラスでも飛びぬけて良くなったのだ。そのことを両親、特に母親は喜んでくれたのだった。

中学に上がっても、その生活は変わらなかった。いや、より拍車がかかった。自分の部屋で、苔を栽培するようになったのだ。

中学三年の時のことだった。親戚のおじさんから庭師という仕事があることを聞いた。ほどなく、テレビで庭師のドキュメンタリー番組を見た。そこでは、庭師が、お寺の庭の苔を世話している様子が映し出されていた。

富夫は、「これだ！」と思った。すぐに父親に頼んだ。

「庭師になりたい」

「ええんやないか」

「中学出たら、すぐ」

「なんやて。高校くらいは行かなあかん」

「すぐなりたいんや」

　言い合いになった。でも、母親が父親を説得してくれた。このまま高校を卒業しても、世間並みの人付き合いができるような人間になれるとはとても思えない。やりたい仕事があるなら、早いうちに手に職を付けた方がいいと。母親は、実は以前から、調理師とか大工とか職人の道に進ませたいと考えていたらしい。いつもボーッとしている富夫が、生まれて初めて自己主張をしたことにも喜んでくれた。そして富夫は、おじさんの知り合いの知り合いの伝手《つて》で、念願の造園会社に就職できることが決まった。

　そこは、造園会社といっても江戸末期から続く有名な庭師の家で、神社仏閣の庭園を専門に手掛けていた。中学の卒業式の翌日から、富夫は弟子として住み込みで働くことになった。

　両親からは、「辛かったら、いつでも帰って来なさい」と送り出された。ところが、その日から人生が一変した。毎日が楽しくて仕方がない。陸《おか》に暮らしていた魚が、水を得たようだった。寡黙《かもく》で素直なことが、修業生活にも向いていた。

富夫の仕事は、もっぱら「掃除」だった。まずは、洗車。タイヤや車体の裏側までキレイにしなくてはならない。親方の口癖は、「あかん」「やり直し」「もいっぺん」だった。幾度、掃除し直したことか……。それでも、一度も辛いと思ったことはない。いつも頭の中には、苔の図鑑があった。そのページを思い出すだけで、ウキウキとしてしまうのだ。

来る日も来る日も、ただ掃除や後片付け、道具の整理をする日々が続いた。ある時、タイヤのホイールに見覚えのある緑色のものを見つけた。ほんの直径一センチくらいの塊《かたまり》だ。そっと、手に取った。

その様子を、たまたま近くを通りかかった親方が見て言った。

「富夫、それなんかわかるか？」

「……ホソバオキナゴケ……や思います」

「そうや、よう知っとるな」

「は、はい。昔、西芳寺《さいほうじ》で見たことがあります」

西芳寺とは通称・苔寺《こけでら》のこと。あんまり息子が苔に魅了されているので、中学二年の夏休みに父親が、拝観の予約申込をして連れて行ってくれたことがあるのだ。

しばらくして、親方から苔の手入れの手伝いを命じられた。それは、修業に入って三年目のことだった。

そうして、十年、二十年と歳月が流れた。

富夫が四十を過ぎた頃には、親方の信頼も厚い、いっぱしの職人になっていた。先のことを心配して、親方が見合い話を持って来てくれた。二度ほど、相手の女性と会ったことがある。しかし、相手の質問にも、しどろもどろ。もちろん、先方からはお断りの連絡があった。でも富夫は、落胆しなかった。それこそ、苔が女房だったからだ。幸せで、幸せで仕方がないと思っていた。

ところが、……災いが厄年の春に訪れた。

それは梯子《はしご》を使って、松の枝の剪定《せんてい》をしている最中のことだった。突然の目眩《めまい》に襲われ、下に落ちた。ただ、たっぷりと湿気を含んだ苔の上に落ちたので、それがクッションとなり大ケガをせずに済んだ。

脳梗塞《のうこうそく》だった。二週間の入院。経過はとても良く、右足に少し不自由さを生じていたものの、歩行のリハビリをしてほどなく回復した。富夫が修業に入った際にお世話になった親方は、その後、病気で亡くなった。その跡を引き継いで親方になった長男は、富夫よりも一回りも年上だったが、まるで本当の弟のように目を掛けてくれていた。その親方が、ことのほか心配してくれ、毎夕、病室まで見舞いに来てくれた。

間もなく仕事に復帰した。

また仕事に戻れることが嬉しくて仕方がなかった。張り切って梯子に手を掛ける。だが、三段、四段と上がったところで急に右足が震えて来た。なんとかもう一段上がろうとすると、今度は頭がクラクラして気分が悪くなった。足が硬直して動かない。あの日の出来事が頭をよぎり、どうしようもなくなって地面に降りた。

深呼吸をして、しばらく様子を見る。たまたまに違いないと、再び梯子を上った。また頭がクラクラした。そんなことの繰り返しが何度も続いた。

「どうしたんや、富夫……」

心配そうに、親方が駆け寄った。親方の勧めで、病院で精密検査を受けたが、どこにも異常がないという。原因不明。最終的な診断は、梯子から落ちた時のショックがトラウマになっているのだろうということだった。親方は、

「仕事のことは心配するな。慌《あわ》てんでもゆっくり治したらええ」

と慰めてくれた。その言葉は、嬉しくもあり辛いものでもあった。

庭師が梯子を上がれないのでは話にならない。泳げないカッパのようなものだ。富夫はその診断の翌日、初めて無断で仕事を休んだ。その翌日も、またその翌日も

……。部屋に籠《こ》もって、外に出ることができなかった。親方が、心配しておにぎりを握って部屋まで持って来てくれた。

働くことができない者が、親方の家で世話になっているわけにはいかない。そう思うと、家でゴロゴロしていることが罪に思えた。親方が仕事に出掛けたあと、最低限の身の回りの物をバッグに詰め込み、親方の家を出た。

一人で旅行に出掛けたことがなかった。どうしていいのか、わからない。あてもなく京阪《けいはん》電車に乗り込み、知らない駅で降りた。「宿」という看板が目に留まった。

独り者だ。それまで真面目に働いてきた。いくらかの貯金はあったが、これからのために「節約しなくては」と思った。だから、赤い「安価」と書かれた文字に引かれた。それは昔の商人宿だった。

しかし、そのことが数日後に裏目に出た。隣の部屋の男にバッグを盗まれ、全財産を失ってしまったのだ。警察に届けはしたが、宿帳の男の名前も住所も偽りだった。お巡りさんに、「あきらめた方がええよ」と言われた。その日から、お寺の軒下や橋の下、公園のトイレで夜露を凌《しの》ぐようになった。

四年、五年とそんなホームレス生活が続いた。劣悪な環境と乏しい食事のせいだろう。身体のあちらこちらが辛くなってきた。一度風邪をひくと治らない。医者にも行けないから、こじらせる。喉が痛い、咳《せき》が止まらない。顔見知りのホームレスが、何人も亡くなるのを見た。

「いつか俺の番が……」

考えないようにしようと努めるが、不安は歳月と共に心の中に膨《ふく》らんでいった。

そんなある日のことだった。「大阪から来た」という見慣れぬホームレスから、こんな話を耳にした。

「オレは、身体がきつうなったら刑務所で暮らすことに決めてるんや。お医者さんがタダで見てくれるんやで。住むとこ食うことの心配もせんでもええし」

富夫は驚いた。刑務所というと、悪いことをした犯罪者の行くところのはずだ。それなのに、聞けば、「ここ」よりも快適としか思えなかった。決めた。そうだ、刑務所に入ろうと思った。そうすれば、衣食住の心配などしなくてもいい。だが、問題はどうやって入るかだ。お巡りさんに捕まるような悪いことをしなくてはならない。かといって、自分にはとても人を傷つけたりするような真似はできない。

悩んだあげくに考えたのが、賽銭泥棒だった。人から盗むのではない。神様仏様から失敬するのだ。こんな不幸な自分なのだから、きっとお天道様《てんとうさま》も赦《ゆる》してくださるに違いない。富夫は、勝手にそう思い込むことにした。

しかし、そう易々《やすやす》と事は運ばなかった。逮捕されるには賽銭を盗む瞬間を見つけてもらうことが重要なのだ。何度も何度もトライした。ある時は、参拝客の見ている所で賽銭箱に手を突っ込んだ。すると、近くにいた老人に捕まり、懇々《こんこん》と説教されてしまった。それで警察に突き出してくれればよかったのに、そのまま「もうやるんやない」と言って解放されてしまった。

またある時は、住職に強引に台所へと引き込まれて、おにぎりをご馳走になってしまった。その上、小遣いまでも渡された。情けが身に沁《し》みて、涙が止まらなかった。しかし世の中、なんでこうも上手くいかないものかと、頭を抱えた。

そして、そして……仕方なく、次に計画したのが無銭飲食だった。ここでも失敗の連続。どうしてこうも人情深い人と巡り合ってしまうのだろう。なかなか、警察を呼んでくれない。

そこで、富夫は意を決して、一大計画を立てることにした。

一流ホテルへ行く。そして仲間と食べまくる。腹がいっぱいになったところで、「お巡りさん、呼んでくれますか?」と言うのだ。大きなホテルなら、人情を振りかざすこともないだろうと踏んだのだ。

ところが、船長は閉所恐怖症で、とても刑務所の狭い部屋には入れないという。部長は、刑務所は構わないが、お巡りさんが大嫌い。また、ミスターは野球中継が聞けなくなるのが堪《た》えられないという。ということで、三人を帰した後、自分だけが残って「警察を呼んでくれ」と開き直ることにしたのだ。これならきっと成功する。

富夫は「今日こそは」と決意していた。

目的は逮捕。そして、刑務所に入ることである。


もも吉は、美都子とともに南禅寺グランドホテルで催事に出席した。

紺の縮み浴衣にざんぐりとした白の無地の帯。それに、うすい紺色の帯締めをしている。周りにいる者にも涼しさが伝わってくるような出で立ちだ。

「ねぇねぇお母さん、甘いものでも食べて行かへん」

「ええなぁ。下のラウンジでマンゴータルト食べよか」

もも吉は、もも吉庵では麩《ふ》もちぜんざいしか供しないが、洋菓子にも目がない。

二人して、ラウンジへと足を向けた。吹き抜けの天井からは、この時期らしくツバメをイメージしたモビールが吊り下げられ、ゆらゆらと揺れていた。ラウンジの入口に立って美都子が、

「うち、タルトもええけど、かき氷も食べたいわぁ」

と言ったその時だった。もも吉は、一番奥の席に、異様な雰囲気《ふんいき》の四人組の客が目に入った。いかにも薄汚れた格好をしている。この場の趣に似つかわしくないこ

とは言うまでもない。四人は、テーブル一杯に皿を並べて食事をしている。そのほとんどは、空《から》になっていた。

四人組の周囲の席は空いていた。ひょっとすると満席だったが、大半が同じ空間に居合わせるのを避けて出て行ってしまったのかもしれない。遠くの席では、眉をひそめてチラチラ見ている客もいる。

その四人のうちの、三人がおもむろに立ち上がった。残された一人に、「じゃあな」という感じで手を振りこちらへ向かってくる。三人は、入口にいる、もも吉と美都子の横をすり抜けて外へ出て行った。

テーブルにポツンと一人座っている男に、もも吉は再び目を向けた。

もも吉は、声を漏らした。

「おや……あのお人」

間違いない。それは以前、庭師の山科《やましな》仁斎のところにいた職人さんだった。とても腕がいいと評判で、ずっともも吉庵の奥にある坪庭の世話をしてもらっていた。ひげ面《づら》で髪も長くなってはいるが、まん丸で穏やかな瞳《みまご》は見紛うものではなかった。もも吉は、その職人と初めて会った日のことを思い出した。印象は、いいと言えるものではなかった。もも吉が家の奥に案内し、

「小さな庭どすけど、どの季節でも、ホッとでける空間にしてもらえへんやろか」

とか、

「この椿《つばき》は、母親が植えたもんなんどす。ええ枝ぶりでっしゃろ」

などと話し掛けるのだが、いっこうに答えが返ってこない。何を言っても、「へえ」の一言だけだった。「こんなお人で大丈夫やろか」と、もも吉は不安になったものだ。それでも、親方の「この先、わしの右腕になる男や」という言葉を信じて、それ以上は何も言わずに任せることにした。

ところが、である。

七年もの歳月を経て、その男の腕に驚嘆《きょうたん》することになる。もも吉の家の坪庭には、水を張った蹲踞《つくばい》がある。椿の咲く季節になると、もも吉は一つふたつと苔の上の落椿を拾い、蹲踞の水にそっと浮かべる。そこへメジロがやって来ては、ツンツンッと突っつく。すると、水に浮かんだ椿は水面をクルクルッと回る。まるで、椿と野鳥が一緒に舞っているかのように見える。もも吉は、そんな様子を眺めるのが、ことのほか好きなのだった。

それが、その年に限って、信じられないことが起きた。もも吉が拾いもしない椿が、蹲踞の中に浮かんでいるではないか。すぐに、美都子を呼んで尋ねた。

「落椿拾《ひろ》うて、蹲踞に浮かべてくれたんは、あんたか?」

「ううん、うち知らへんよ」

不思議に思い、じっと水面に浮かんだ椿の花を眺めていた時のことだった。蹲踞の脇に植えてある椿の木から、ポトリともう一輪、椿の花が水面に落ちたのである。その瞬間、すべての謎が解けた。何年もかけて、あの職人が椿の枝を剪定し続けてくれていた。いつの年か、いつの日か、蹲踞の中に自然に任せるままに椿の花が落ちるようにと、「企てて」くれていたのだ。

それだけではなかった。地面の苔の上に落ちた椿は、それまでよりもずっと美しく見えた。それはあたかも、苔が花を咲かせたかのように見えた。「これが噂に聞く名人の技いうものか」と、もも吉は鳥肌が立つのを覚え、思わず唸《うな》ってしまった。

つい先年のことだ。東京からやって来た男の客人に、この坪庭を見せたことがある。その客人は、大きな会社のやり甲斐ある職を失い、人生に落胆していた。自暴《じぼう》自棄《じき》と言ってもいい様子だった。季節は四月半ばで、椿の花の終わる頃だった。もも吉は苔に落ちた椿を見せ、こう諭《さと》した。

「椿いうんは、二度咲くんどす。枝で一度……地面でもう一度。よう見ておくれやす。苔の上で咲く椿もキレイなもんでっしゃろ」

と。そして、

「あんさんも、もう一花咲かせておくれやす」

と励ますと、精気を取り戻して再起を誓ってくれたのだった。職人の技が、庭を眺めた人の人生までも変えてしまったというわけだ。そんな話も、職人に伝えたかったが、その時にはもう行方がわからなくなっていた。


「そうや、そうや」

もも吉は、その職人の名前を思い出した。

「後藤……後藤……ええっと、そうや、富夫はんや」

もも吉は、レジの近くに立って、ホームレスが他のお客様に迷惑をかけないよう見守っているらしい支配人を呼び寄せた。顔馴染《かおなじ》みである。

「はい、なんでございましょう」

にっこりと微笑んで言った。

「あの奥のお客様なんやけど、うちが昔ようお世話になったお人なんや。こちらで全部支払わせてもらうさかい、よろしゅうお頼もうします」

きっと、四人の支払いについても不安がっていたのだろう。支配人は、ほっと肩の力が抜けたような表情で、

「かしこまりました」

と、答えた。

もも吉は、美都子に申し訳なさそうに言った。

「美都子、かんにんや。甘いもんはまたにしまひょ」

「ええよ、お母さん。なんやまた、おせっかい思いついたんか？」

「かんにんついでに、一つ頼まれてほしいんや」

「なに？　お母さん」

「あのな、うちは別のタクシーで帰るさかいにな……」

と、もも吉は美都子の耳元で囁《ささや》いた。


富夫は、今日こそ上手くいったと思っていた。

たらふく食べた三人の仲間は先に帰らせた。見送る際に船長が振り向いて、

「グッドラック！」

と、親指を立ててウインクをしてくれた。ミスターも部長も心配そうな顔つきだったが、「気張ってな」と目で合図してラウンジから出て行った。

富夫は、冷たい水を飲み干して、気を落ち着けた。テーブル番号の書かれた会計カードを持って立ち上がる。緊張で胸が張り裂けそうだ。大きく深呼吸をし、レジ

に立った。口を開こうとするよりも先に、支配人らしき黒いスーツの男性が言った。

「代金は頂戴しております」

「……？」

わけがわからない。きっと他の客と間違えているに違いない。「どういうことや？」と尋ねようとすると、男性が右手で富夫の後ろを示して言った。

「そちらのご婦人にお支払いいただいております」

富夫が振り向くと、そこには着物姿の女性が立っていた。富夫は、カッとなった。人から施しを受けるのはもう御免《ごめん》だ。またまた無銭飲食がかなわなかったという憤《いきどお》りもあった。しかし、それよりも、おせっかいな情けを掛けられたことに腹が立った。

女性に、

「なんでや……」

と、言った。怒鳴ったつもりだったが、その女性におぼろげながらも見覚えがあることに気付き、小声になった。よくよく、女性の姿を見つめた。背筋がシャンと伸びている。細面《ほそおもて》に黒髪の富士額《ふじびたい》。どこか花街の人の匂いがした。

「もも吉お母さん……」

富夫は、もも吉に引かれるようにしてラウンジを出た。有無を言わさず、というのはこのことに違いない。代金を支払ってもらったという恩義もあり、抗《あらが》うことはできなかった。ホテルの前からタクシーに乗り込み、花見小路《はなみこうじ》で降りた。足早に進むもも吉の後を追うようにして付いてゆく。左へ右へと曲がり、祇園甲部《ぎおんこうぶ》の細い小路に入ると、見覚えのある家の前で立ち止まった。

「久し振りやろ」

と、もも吉が微笑んで言った。甘味処《かんみどころ》「もも吉庵」だ。以前は、代々続くお茶屋だったという。店奥の住まいの場所にある坪庭には、見事な苔が生えている。富夫が、親方から初めて一人で任されたのが、その庭だった。それだけに、力を注いで世話をした。出奔《しゅっぽん》した後も、「あの苔たちはどうしているだろうか」と、心配になって思い出すことがたびたびあった。

格子戸をガラガラッと開け、飛び石を進む。框《かまち》を上がって店内に通された。促され、カウンターの丸椅子に座る。L字の角席の椅子に、いかにも上品そうなネコが丸くなって眠っている。ネコは鼻が利く。今更ながら、こんな汚い格好でここにいることが罪に思えた。

しばらくして目の前に、ぜんざいが出された。

「食べながら、ちびっと待っといておくれやす」

「待つ……何を?」

問い掛けたが、答えない。もも吉は、カウンターの向こう側の畳の上に座り、うつむき加減にして目を閉じた。どうせ用事はない。意に反するとはいえ、恩義もある。富夫はぜんざいを食べ終わると、気が落ち着いたのか店内の様子が目に入った。

壁の一輪挿しには、ツユクサが咲いている。古《いにしえ》の人たちは、「蛍草《ほたるぐさ》」とも呼んでいたという。いわゆる雑草だ。その雑草を、まるで主役のように店内に飾るもも吉の「侘《わ》び」の心に親しみを覚えた。美しくもあり、はかなげでもある。

富夫も、静かに目を閉じた。


ガラガラッ。

表の格子戸が開く音がして、眼を開いた。

「ああ、来はった来はった」

飛び石を歩く草履《ぞうり》の音がした。もう一つ、かすかな足音がその後を付いて来る。

しばらくして、店の襖《ふすま》が開くなり、女性の声が聞こえた。

「お母さん、遅うなってかんにん。仕事中やったけど、事情話したら顔色変えて来てくれはった」

富夫ははっきりと憶えていた。もも吉の娘の美都子だ。あの頃と変わらず美しい。たしか、昔は芸妓をしていたが、その後はタクシーの仕事をしていると聞いていた。

「どこ行っとったんや、富夫！」

狭い店内に声が響く。ぬっと現れたのは親方の仁斎だった。

「す、すんまへん」

まさか親方が来るとは思いもよらず、富夫は言葉を失い、二の句が継げない。目も合わせることができず、逃げ出すことさえもかなわない。

「まあまあ、仁斎はん。落ち着きなはれ」

もも吉に促され、仁斎は富夫の隣に腰掛ける。そして、言った。

「かれこれ五年、いや六年か。なんで突然いなくなったんや。その間、何してたんや……」

「……」

富夫は、それには答えず、親方から目をそらそうとした。だが、親方の瞳が、怒りではなく、あまりにも温もりに満ちたものだったため、対峙《たいじ》するしかなくなってしまった。

富夫は、観念した。そして、ぽつりぽつりと、心の奥に溜《た》まっているものを吐き出すように語り始めた。

梯子に上れなくなり、役立たずになったと思った日のこと。

親方の家を黙って出た日のこと。

あっという間にホームレスになり、その日のねぐらを探す毎日になったこと。

「こんなこともありました……。公園のトイレで寝ていたら、ガツンッていきなり背中に痛みが走ったんです。エビぞりになって悶《もだ》えて、背中に手を回したら、今度は頭が……。なんや三人くらいの若いもんの姿がぼんやり見えました。これが噂《うわさ》に聞いてたホームレス狩りかてわかった時には、もう立ち上がることもでけんようになってました。その後、船長……いえ仲間のホームレスが助けてくれなんだら、死んでたかもしれへん」

「そんなことが……」

親方は、黙って聞いてくれている。

「食べて行くためにはお金が必要なんで、空き缶拾いが仕事でした。その日は、どうにも集まらんくて、ついつい廃品回収の空き缶に手ぇ出してしまいました。そないしたら、その町の役員さんやろか、おばちゃんにホウキ持って追い掛けられて……逃げて、転んで、靴、片方無くしてしもうて……足の裏、血だらけで」

富夫は、淡々《たんたん》としゃべっているつもりだったが、自分がみじめでみじめで辛くなってしまった。親方は手の甲で眼をこすり、

「苦労したんやなぁ」

とだけ漏らした。

話し終えると、沈黙が続いた。

静けさが耐えられない。もも吉も、ハンカチを取り出して涙を拭《ぬぐ》っている。でも、富夫は同情や哀れみを掛けてほしいわけではなかった。話しても、解決することではない。一度、ホームレスになると、もう這《は》い上がることはできないのだ。そう、ただ誰かに聞いてほしかっただけなのだと気づいた。

仁斎が眼をカッと見開いたかと思うと、富夫は両手を摑《つか》まれてギュウ〜と握りしめられた。驚いて手を引っ込めようとする。が……拳の力が強くて振りほどくことができない。

「富夫っ！　帰って来い」

「え？」

「また一緒に庭造ろうや」

そんなことがかなうはずがない。親方がまっすぐに眼を見つめて来る。そむけようとするが、虎《とら》に睨《にら》みつけられたネズミのように動くこともできなかった。

「梯子に上れへんのや……そやさかい、もう庭師はでけへん」

今の今まで、穏やかだったもも吉の眼差しが一変した。

その唇が一文字になった。

富夫は、眼を捉えられたかのようにじっと見つめられた。もも吉は、一つ溜息をついたかと思うと、裾の乱れを整えて座り直した。背筋がスーッと伸びる。帯から扇を抜いたかと思うと、小膝をポンッと打った。ほんの小さな動作だったが、まるで歌舞伎《かぶき》役者が見得《みえ》を切るように見えた。

「あんさん、間違《まちご》うてます」

「え？」

富夫はムッとした。何か違うというのか。「これしかない」という好きな仕事ができなくなった辛さ。身体が思うように動かない苦しみは、当人でなくてはわからないのだ。怒りと悲しみが込み上げて、「あんたにはわからへんのや！」と怒鳴ってやろうと口に出しそうになって思い留まる。それがよけいに心を重くした。

ところが、もも吉の言葉は、意外なものだった。

「あんさん、お金がぎょうさんあったら刑務所入らんでも済むんやろ」

「そ、そうです」

「そないしたら、うちがお金差し上げまひょか？」

「……」

「おいくら欲しいんどす？　いくらでも言っておくれやす」

いったい、もも吉は何を言い出すのか。からかっているに違いない。たしかに貧しく心も荒《すさ》んではいる。しかし恵んでくれとは言っていない。ホームレスではあっても、プライドがあるのだ。富夫は意地になって、咄嗟《とっさ》に言い返した。

「い、一億円……」

「よろしおす、一億円ご用意しまひょ」

「え？」

冗談のつもりが……。

「その代わり、あんさんの大切な物と交換や、ええどすな」

「大切なもん？　……こ、この通りなんもあらへん」

「そうどすか。そないしたら両の目玉と交換してくれはりますか？　最近、一段と眼ぇが遠なって不自由してますのや。うちの眼ぇと交換しまひょ」

「そ、そんなことでけるわけない」

「そないしたら、右手をもらいまひょか？」

「そんな……右手が無《の》うなったら、箸《はし》が持てへん……」

「左足はどうや？」

「……」

「なんであかんのどす。耳は？　口は？　鼻でもよろしおす」

畳み掛けるように言うもも吉に、富夫は返事に窮した。それでも、もも吉は話を続ける。

「ええどすか？　梯子に上れへん。右足が震える。それは気の毒なことや。それでもあんさんには、左足も両手もちゃんとあるやないの」

幼い頃、どこかで読んだか聞いたかした寓話《ぐうわ》を思い出した。言いたいことはわかる。お説教はありがたい。「間違《まちご》うてる」と言われればその通りだ。でも、それは正論でしかないのだ。富夫は、なんとか言葉を探して答えようとした。

「お母さんには庭師の仕事いうもんがわからへんのです」

じっと二人の話を聞いていた仁斎が、幼子《おさなご》に話し掛けるように言った。

「そんなことあらへん。梯子上らんでも仕事はでけるでぇ」

「え？　……そやかて」

富夫は瞳を大きく開いて、仁斎を見つめた。

「今度な、黄梅院《おうばいいん》さんの庭のお世話を引き受けることになったんや。表門から続く前庭、それに利休《りきゅう》さんが造らはった『直中庭《じきちゅうてい》』もぜんぶや。そやけど、苔に詳しいもんの手が足らへんで困ってるところやったんや」

黄梅院は、苔と紅葉が美しいことで知られる大徳寺の塔頭だ。信長や秀吉など戦国武将ゆかりのお寺である。富夫は、表門から庫裏《くり》、唐門へとつらなる苔がことのほか好きだった。いや、それを超え、惚《ほ》れ込んでいたと言ってもいいほどだ。

「お前に任せたいのは、苔だけや。そやから、梯子に上る必要はあらへん。それとも、苔に梯子掛けて上るか？」

仁斎が、にこりとする。

「……」

「まさか、実は両手も震えて苔の世話もでけへんのです、なんて言わへんやろな」

「う、う……親方……」

富夫はあふれ出す涙を堪《こら》えきれず男泣きした。

止まらない。

止まらない。

拭っても拭っても、涙があふれてくる。

「泣かんでもええ」

そう言う仁斎も泣いている。

もも吉が明るい声で言う。

「そうと決まったら、あんさんにお願いがおますんや。どうも最近、坪庭の苔の色艶《つや》がくすんでしまいましてなぁ。ちょっと見てもらえへんやろか」

　隣で仁斎が、頷いて言う。

「富夫、今から見させてもらお」

「へい」

　富夫は、また苔の世話ができると思うと、喜びが身体に満ちあふれてきた。また苔に救われた。一度目は、小学校の校長先生。無為《むい》な毎日が、苔のおかげでガラリと変わった。次が、梯子から落ちた時。苔のおかげで大ケガをせずに済んだ。これで……三度目だ。富夫は、スックと立ち上がった。もも吉の後に従い、仁斎と共に奥の坪庭へと通された。

　思い出深い。ここに立つだけで、心の底から精気が湧いてくるのがわかった。

　もも吉が、いかにも弱り顔をして言う。

「どうも昨年くらいからなぁ、このへんの苔の緑の様子がおかしゅうてなぁ。なんや元気ないいうか」

　富夫は、裸足《はだし》のまま地面に降りた。親方は、「あっ」と漏らしたが、もも吉は何も言わず見つめている。

　苔に顔を近づけた。

頬《ほお》が触れるほどに。

そして苔に話し掛けた。

「かんにんなぁ、おまえらのことほかしといて。かんにん、かんにんなぁ」

富夫は、立ち上がると、空を仰いで言った。

「ははあ、なるほどなぁ」

もも吉が尋ねる。

「どないでっしゃろ」

「へえ、苔の声が聞こえました」

「なんや、声やて？」

「へえ、雨粒が辛いて言うてます」

「……雨粒？」

もも吉が、縁側から落ちそうになるほど前に乗り出した。

「最近、坪庭の向こうのお座敷の屋根の修理しはったんやありませんか」

「一昨年のことや。庇《ひさし》が台風で傷《いた》んでしもうてなぁ。修繕《しゅうぜん》してもろうたんや」

「それです」

「……？」

「その修繕で、ほんの少しやろうけど、庇の幅が長《なご》うなったんやないか思います。

そのせいで、雨粒が落ちる場所が変わってしまったんやないでしょか。雨だれの下に、太めの炭を切って埋めたら、すぐに元気になる思います」

「さすがや、富夫」

気づくと富夫は、仁斎に抱きしめられていた。仁斎も、いつの間にか裸足で地面に降り立っていた。

「もうどこへもやらんで、ええな」

「親方……」

親方の涙が、富夫の頬に落ちた。その涙は、頬を伝ってさらに地面へと落ち……緑の苔にスーッと沁み込んでいった。

坪庭の四角い青空に、一筋の弧が描かれた。

ツバメだ。

梅雨が明けたらしい。

明日は、山鉾巡行《やまほこじゅんこう》である。

第三話　萩の寺　恋は子猫に誘《いざな》われ

診察の順番が来た。

「ゆっくりね。ゆっくり……」

「痛《い》た、たたた……」

「私にしっかり摑《つか》まってね」

「おおきに、もう大丈夫や」

朱音《あかね》は、福原《ふくはら》のお婆ちゃんに肩を貸し、診察室の中まで付き添った。院長先生が、にっこり笑って迎えてくれた。

「おおきに、朱音ちゃん」

「リハビリ終わったら、また頼むわ」

「はい、わかりました。私、待ってる間に表のコスモスにお水あげてきますね。少し元気がなかったから」

「おおきに」

勝手知ったる我が家のように、朱音は玄関の靴箱を開けてジョウロを取り出した。洗面所に行って、八分目ほど水を注ぎ表通りに出た。

「榎本《えのもと》接骨治療院」

と、いかにも歳月を重ねたと思われる黄ばんだ看板を見上げる。もう秋分《しゅうぶん》の日が近いというのに、治療院の塀の内側から燃えるようなサルスベリが顔を出している。なんでも、院長先生のお爺ちゃんが開業した治療院だという。看護師も事務員もおかず、一人で切り盛りしている。昔からの患者さんが多く、予約制になってはいるものの有名無実。「階段から落ちた」とか「長雨で昔のケガの痕《あと》が痛み出した」とか、急患が飛び込んで来るのが日常。いつも待合室は満杯だ。

朱音は丁寧《ていねい》に丁寧に、プランターのコスモスに水を遣《や》る。気のせいか、少し元気になったような気がした。後ろから声を掛けられた。

「朱音ちゃん、おはようさん」

「あ、谷口《たにぐち》のお爺ちゃん、おはようございます。おかげん、いかがですか？」

谷口さんは、夷川通《えびすがわどおり》の家具屋のご隠居さんだ。重い物を持ち運ぶ仕事なので、若い頃から腰痛持ちなのだという。

「それがなあ、さっきまで腰が痛《いと》うて、ここまで来るのに難儀《なんぎ》したんや。それが朱音ちゃんの顔見たら治ってしもうたわ」

「そんなわけないでしょ」

「嘘《うそ》やないでぇ。病《やまい》は気から言うのはほんまや」

「肩、お貸しします」

「おおきに」

朱音は、杖《つえ》を預かり待合室へとお爺ちゃんを案内すると、診察室のドアが開いて院長先生が顔を出した。

「朱音ちゃん、使ってばかりで悪いんやけどなぁ、こちらの患者さん初診なんやけど、腱鞘炎《けんしょうえん》で問診票に字ぃが書けへん言わはるんや。代わりに聞き取って書いてあげてくれへんやろか」

朱音は、

「はい！」

と答え、引き受けた。なんやかんやと忙しく動いているうちに、福原のお婆ちゃんのリハビリが終わった。

「おおきに、いつも悪いけど帰りも頼むなぁ」

「お役に立てるなら、嬉《うれ》しいです」

「そやけど朱音ちゃん、秘書検定の勉強やら、包装の練習やらでお休みの日でも忙しいんと違うか？」

「はい……」

そのことに触れられると、急に朱音は声のトーンが低くなった。

朱音は、大学を卒業すると老舗《しにせ》和菓子店「風神堂《ふうじんどう》」に就職した。銘菓《めいか》「風神雷神《ふうじんらいじん》」は進物《しんもつ》の高級ブランドとして全国的に知られている。セレブ御用達《ごようたし》のオシャレなカフェも展開している。そんな有名企業に、どうして入社できたのか、いまだに自分でもわからない。

入社して研修が終わると、社長秘書の辞令が出た。それ以来ずっと、みんなの足を引っ張らないようにと、必死に毎日を送っている。

「私、何をしてものろまだから、いつも呆《あき》れられるばっかりで。ときどき、応援でお店に出ても、迷惑掛けどおしで……」

「何言うてはるの、よう気張ってはるやないの」

「でも、いつまで経っても、やること全部が遅いし要領も悪くて……それでお客様にお叱りを受けることもあって……」

福原のお婆ちゃんは、曲がっていた背中をピンと伸ばし、真剣な顔つきで言った。

「あのなぁ、その不器用なとこが、あんたのええところなんやでぇ」

「え？」

朱音は、からかわれているのかと思った。小さく首を傾《かし》げる。

「ええどすか。器用な人はなぁ、何でもスーッとでけてしまうから、そのうち手ぇ抜くこと覚えてしまうんや。そやけど、不器用な人は、一人前になるんに人の倍、いや三倍の時間がかかってしまう。それがええんや。何をしても時間がかかるぶん、でけるようになった時、完璧《かんぺき》に身体《からだ》に沁《し》みつく。それだけやない。苦労して習得したことやさかい、浮かれたり驕《おご》ったりもせぇへん。手ぇ抜くことなんてさらさら考えんようになる」

朱音は、お婆ちゃんの慰めは有難かったが、人よりあれもこれも劣《おと》っている自分が、もどかしくて仕方がないのだ。

「でも、私、人の百倍努力しないと追いつけない気がして……」

「まあ、ええ。気張りなはれ！」

「は、はい！」

朱音は、玄関に畳んで置いてあったシルバーカーをセットして、ゆっくりとお婆ちゃんをグリップに摑まらせた。


「もも吉お母さんは、いったいどっちの味方なんどす？」

「どっちのやなんて、妙なことを言わんといておくれやす」

「そやかて……」

楓《かえで》は、腹を立てていた。もも吉は、楓の勢いに少し困り顔だ。もも吉に当たっても仕方がないことだとはわかっている。かといって、ここで引くわけにはいかない。可愛《かわい》い弟のために、命を懸けても阻止しなくてはならない。

「うちは、絶対認めへんからね！」

楓の実家は、茶道「桔梗流《ききょうりゅう》」の家元だ。「桔梗《ききょう》」と書いて「きちこう」と読む。今は、父親の夢旦《むたん》が宗匠《そうしょう》を務めている。つい最近、弟の夢遊《むゆう》が家元を継ぐことが決まった。夢遊が継げば、宗祖より数えて二十一代目になる。明智光秀《あけちみつひで》の流れを汲《く》む一族で、その家紋「水色桔梗」に由来して「桔梗流」という名がつけられている。

夢遊は楓の三つ年下。とにかく、二枚目だ。両親があちらこちらの役職に就《つ》いていることから留守がちだった。そのため、幼い頃から姉というよりも、まるで母親のように弟の面倒をみてきた。それを溺愛《できあい》と言う人もいるが、そんな世間の眼など気にしたことはない。とにかく、夢遊には立派な宗匠になってもらいたい。そのために、今一番に大切なこと。それは、「桔梗流」にふさわしいお嫁さんを探すことだ。

（夢遊ときたら、朱音とかいう、どこの馬の骨か知らん娘《こ》と一緒になりたいやなんて言い出して……そんなん、うちは、絶対に許さへん）

今日は、弟の夢遊と連れ立って、甘味処《かんみどころ》「もも吉庵」にやって来た。

格子戸を開けると、点々と連なる飛び石が「こちらへ」と言うように人を招く。まるで、茶亭の庭のような造り。子どもがうずくまったほどの大きさの石の脇に、一株だけ紅い萩の花が綻《ほころ》び掛けている。少し日陰のせいか、咲き始めるのが遅いようだ。子どもの頃から幾度も訪れているとはいえ、飽きることのない新鮮さを覚える。

もも吉は、かつて舞妓《まいこ》・芸妓《げいこ》の頃は祇園甲部《ぎおんこうぶ》では最も人気があったそうだ。しかし母親からお茶屋を引き継ぎ女将《おかみ》になってから、相当に苦労をしたらしい。

今は、甘味処に衣替えした「もも吉庵」では、麩もちぜんざいが唯一のメニューだ。しかし、ここへ訪ねて来る者には、別の目的がある。もも吉に、人生の悩みの相談に乗ってもらうのだ。実は、今日は、楓自身がその一人だった。

夢遊と共に店内に入ると、カウンターにはいつもの顔が揃《そろ》っていた。もも吉の娘の美都子《みつこ》。建仁寺《けんにんじ》塔頭《たっちゅう》の一つ満福院《まんぷくいん》住職・隠源《いんげん》と、その息子で副住職の隠善《いんぜん》だ。

「今日は、お母さんに相談事ゆうか、頼み事があって寄せてもろうたんどす。ちょうどええわ。みなさんにも一緒にうちの悩み聞いてもらいまひょ」

そう呟《つぶや》いて、カウンターの丸椅子に腰掛けた。席は六つしかなく、カウンターの向こう側の畳敷きには、もも吉が座っている。

もも吉の着物はクリーム色の水玉模様。白地の帯には、萩が揺れている。そして帯締めの濃いグリーンがくっきり目に映える。「京の着だおれ」にふさわしい着こなしだ。

美都子の母親・もも吉と、楓、夢遊の父親・夢旦は親戚のように仲がいい。そのため、幼い頃から双方の家を行き来しており、楓と夢遊は、美都子によく遊んでもらったものだった。美都子もまた、夢遊をまるで「弟」のように可愛いがってくれている。

「なんや、楓ちゃん、いつもにも増して威勢がええ物言いやなぁ」

「隠源さん、そんな言い方止めておくれやす。威勢がええなんて、まるで八百屋か魚屋さんみたいやないの。それに、うちはいつまでも、『楓ちゃん』やあらしまへん。副院長夫人や」

「そうやったそうやった。総合病院の高倉《たかくら》院長先生《センセ》の息子さんとこ嫁いで、子どもも三人いるお母さんや」

美都子が言う。

「隠源さん、それだけやあらしまへん。楓ちゃんは総合病院の理事にもならはって、病院ホールでコンサートも主催する文化人なんやで」

「いややわぁ、美都子姉ちゃん。文化人やなんて」

楓は、まんざらでもなかったが、持ち上げられて良い気分に浸っているわけにはいかない。

「聞いてますやろ、夢遊のこと。朱音とかいう京極さんとこで働いてる娘《こ》にのぼせてしもうて、『一緒になる』なんて言い出して困ってるんや。今日は、なんとかお母さんに目ぇ覚ますよう叱ってもらおう思うて来たんどす」

もも吉に、

「まあまあ、まずはぜんざいでも食べて、落ち着きなはれ」

と言われたが、落ち着いてなどはいられない。でも、隠源が、

「あ〜、わしも待っとったがな、早《はよ》う拵《こしら》えてぇな」

と、もも吉にせがむので、楓は喉《のど》まで出かかっている言葉をいったん仕舞うしかなかった。

しばらくして、奥からもも吉がお盆を手に戻って来た。

「さあさあ、今日は特別に趣向を凝《こ》らした麩《ふ》もちぜんざいや」

「趣向を凝らしたやて？　なんやなんや」

と隠源がせっつく。

「それは食べてのお楽しみや。そやけど、一つだけヒント出しまひょ」

「ヒントてなんや」

隠善も美都子も、興味深そうにもも吉を見つめる。夢遊も、もも吉の麩もちぜん

ざいの大ファン。瞳が大きく開くのがわかった。

「ちびっと甘味を変えてみたんどす」

「へ～それは楽しみや」

と、一番に隠源が匙《さじ》を取った。一口含んで、目を閉じる。そしてまた、一口、二口。

「どうやの、隠源さん」

顔を見つめて尋《たず》ねる美都子に、隠源は答えた。

「う～ん、だんだんわかって来たでぇ。一口目では正直わてもわからへんかった。ところが、二口目から口の中でふわ～と甘みが追い掛けるように広がってくるんや。きっとなぁ、これは相当に上等なお砂糖を使《つこ》うたんに違いない。どうや！」

もも吉が、間髪《かんはつ》を入れず答えた。

「さすがや、ようわかったなあ。特別選《え》りすぐった讃岐《さぬき》の和三盆《わさんぼん》を加えて甘味をつけたんや。さすが、血糖値が高いだけのことある。高倉先生《センセ》に控えるよう言われてるのに、甘いもんぎょうさん食べて、いつ倒れても悔いはないやろ」

「な、なに言うんや、ばあさん」

「なんやて、じいさん。そやけど、和三盆当てたんは褒《ほ》めたげまひょ」

その後、全員がご馳走になった。楓も、

「さすがは讃岐の和三盆、ほんまに上品な甘みで美味《おい》しおすなぁ」

と、大満足で口に運んだ。ただ、夢遊だけが、

「僕にはわからへん」

と、ぶつぶつ言っている。体調でも悪いのか。そうだ、きっと恋の病のせいに違いない。


さて、ことの始まりは、この六月。

それは年に一度、桔梗が咲き始める頃、桔梗流宗家が一週間にわたって催す「桔梗茶会」の初日だった。桔梗流では代々、宗匠を継ぐための決まりがあった。夢遊が次の宗匠になるためには、試験を受けなければならないのだ。各界のごく親しいお歴々を招いた茶会で、次の宗匠候補が、ホストである「亭主」を務める。茶人、文化人らの目にかなう「もてなし」ができるか否かという試験なのだ。

夢遊は、首尾《しゅび》よく合格のお言葉を賜《たまわ》ることができたのだが、その際にちょっとしたハプニングが起きた。

ここからは楓が、試験官を務めた関川《せきかわ》京都市長から耳にした話である。

茶会が催される直前、急に空がかき曇ったかと思ったら、たらいをひっくり返したような土砂《どしゃ》降《ぶ》りになった。幸い、すぐに止み、ほどなく茶会は始まった。「桔梗

茶会」には、他には見られない趣向が凝らされている。明智家の裏手の木戸をくぐると、点々と乳白色の飛び石が続いている。

その両側の桔梗の茂みには、花が満開。

淡い紫色が続く真ん中に、細い細い路《みち》が蛇行《だこう》する。

飛び石を進み行くと、初めての訪問客は必ず「あっ」と声を上げる。腰よりも低く、膝よりも高いところで、両側から桔梗がしなだれて着物の膝辺りに触れるのだ。

触れたと言っても、ほんの僅《わず》か。触れるか触れぬかという程《ほど》のこと。すると、桔梗が揺れる。数歩進むと、また足に触れて揺れる。その小路が十メートルほども続く。かつて何代か前の宗匠と、名代の庭師が「そのように」作った趣向だった。

さて、その茶会が終わった時、誰彼《だれかれ》となく「妙やな」「妙や妙や」と口々に言い出したという。庭から茶室に入る際には、草履《ぞうり》を脱ぐ。小さなにじり口をくぐる前に、おのおの「濡れているであろう」着物を、懐紙を取り出して拭《ぬぐ》おうとした。

ところが、である。

着物に、桔梗の花や葉っぱの水滴が付いていなかったのだ。それをみなが不思議に思い、みなで庭へ見に行き、当日の支度《したく》、要するに飛び石の辺りを掃除した者を呼んだ。すると、そこに現れたのは、若い女の子だった。問い質《ただ》すと、おどおどしながら、こう答えたという。

「お客様がこの小路を歩かれたら、きっと足元が濡れてしまうに違いないと思い、桔梗の花と葉っぱの雫《しずく》を拭いて回ったんです」

と。夢遊はそれを聞き、その「おもてなしの心」に感銘《かんめい》を受けてすっかり朱音に惚《ほ》れ込んでしまったのだ。なんと、みんなの前でデートの申し込みまでしたという。

「桔梗茶会」が終わると早々に、夢遊はわざわざ総合病院の理事室までやって来た。

「お姉ちゃん、ええ娘《こ》見つけたで」

「惚れてしもうた」

「僕は絶対、朱音ちゃんをお嫁さんにする」

と、いかにも気を昂《たかぶ》らせて言うのだ。夢遊は今まで、幾人もの女性と付き合って来た。それも、名のある家の娘ばかりだった。夢遊は、その一人ひとりについて、逐一《ちくいち》報告してくれた。でも、夢遊自身も、楓がとやかく言うまでもなく、一、二度デートするだけで、

「またあかんわ、お姉ちゃん……」

と、がっかりとした表情を見せた。けっして遊び人というわけではない。夢遊は桔梗流家元に生まれたという自身の立場をしっかり受けとめていたので、大学生の

頃から「恋」をすることに臆病になっていた。もし焦《こ》げ付くような燃える恋をしても、いざ「結婚」となった時の難しさをつい考えてしまうらしい。もし付き合ううちに家元夫人としての「資質」がないことがわかれば、別れることになり、お互いが悲しい思いをするからだ。

今も、縁談の話は引きも切らないが、なかなか「この娘《こ》なら」という相手が見つからない。それが、楓の最大の悩みだった。

楓は、夢遊が「惚れた」と言うのだから、よほどの女性だと思った。こんなことは初めてだ。諸手《もろて》を上げて喜んだ。贔屓目《ひいきめ》ではあるが、夢遊は「人」を見る目がある。

ところが、その朱音という娘は、夢遊のデートの誘いになかなか応じないという。よほどの美人で、すでに彼氏か許婚《いいなずけ》がいるのだろうか。聞けば、なんと夢遊は朱音の携帯の電話番号も知らないし、どこに住んでいるのかさえもわからないという。

夢遊は、やむなく勤め先の「風神堂」に電話をして、呼び出してもらった。しかし、朱音は「今、忙しいから」となかなか電話口に出てくれないという。ようやく繋《つな》がったと喜んで、

「この前のスイーツ巡りのことやけど、いつにしよか」

と言うと、

「私なんかと食べに行ってもつまらないですから、他の方をお誘いください……それにお休みの日は忙しいですし。失礼します」

と言われ、切られてしまったという。しかし夢遊は諦《あきら》められず、朱音が仕事の終わる時刻を見計らい、風神堂本社の社員通用口で待ち伏せした。楓は驚いた。ここまで一人の女性に対して積極的な夢遊を見るのは初めてだったからだ。

何度目かの待ち伏せの末、ようやく会うことがかなったという。夢遊は、

「それがなかなか一筋縄ではいかんくて難儀してるんや。こんな調子で……」

と、その時の様子をいかにも残念そうに話してくれた。


「今度のお休みの日、抹茶《まっちゃ》のスイーツ巡りせえへん？」

「……」

「次の休みの日があかんかったら、君の都合のええ日に合わせるし」

「私のことからかわないでください」

「え？　からかうやなんて」

「だって、私なんかと……」

「君がええんや」

「それに私、お休みの日は、いろいろ忙しくて……」

「ちょっとお茶飲むだけでもええよ。なんなら今からでもどう？」

「し、失礼します」


そう言い残し、走り去ってしまったという。

そこで、夢遊は、風神堂の京極《きょうごく》社長に頼み込んだ。朱音は社長秘書だ。こんな方法は取りたくなかったが、上司、それも社長の命令とあれば、断るわけにいかないだろうと考えたのだ。しかし、それが功を奏して、ようやくデートに漕《こ》ぎつけることができた。しかし、ここまでなんと三か月もかかってしまった。

その「ファースト・デート」の日が、明日の土曜日なのである。

もも吉が、にこやかに言う。

「ようおましたなぁ」

楓は、それを打ち消すように言った。

「それがそうでもないんどす。うち、急に心配になりましたんや」

「なんやの、あんた喜んではったんやないの」

「デートの日が決まって、夢遊の喜ぶ様子を目の当たりにしてましたら、急に不安に襲われたんどす。夢遊が『ええ娘《こ》や』て言うてるだけで、どういう娘か、なんもわからへんことに気づいたんどす。そないしたら居ても立ってもおられんようになってしもうて。『恋は盲目《もうもく》』言います。もし、夢遊の思い違いで結婚となってしまったら……」

もも吉が溜息をついた。

「なに気の早いこと言うてますんや。まだ一度もデートすらしてへんのに」

楓は、そんな言葉も取り合わず話を続けた。

「それでなぁ、密《ひそ》かにうちが朱音という娘についてあちこち聞いて回りましたんや」

「それで、どないしたんや」

と、もも吉が尋ねた。楓は、ここぞとばかりに答える。

「風神堂の本店に京極社長さんを訪ねましたんや。『朱音いう娘の仕事ぶりはいかがどす？』て尋ねると『私の秘書として、ようやってくれてます』という型通りの返事しはって。それではあかん。とにかく遠くからでも本人の姿を見て帰らなと思うて、『朱音さん今どこに居てはりますか？』て聞いたんどす。すると、『今日は南座前店《みなみざまえてん》に手伝いに行ってます』言わはるんで、その足で南座前店まで出掛けましたんや」

隠源が、呆《あき》れた表情で言う。

「なんや、ちいとも密かやないやないか」

楓は、それに取り合わず話を続ける。

「夢遊から、ちょっとぽっちゃりめで背が低いて聞いてましたさかい、店内に入った途端わかりました。奥の方で、箱詰めやってはるあの娘やなあて。それで、目の前にいはった中年の女性の店員さんに、小声で聞いたんや。そうそう、名札《なふだ》には『若王子《わかおうじ》』て書いてありました。『あの娘、仕事ぶりどないどす？』て言うたら、とたんに顔色変えて、『なんやまた粗相《そそう》したんでしょうか。誠に申し訳ございません』てペコペコ頭下げはって……。そないしたら、近くにいた学生っぽい男の店員さんが『また朱音さん何かやらかしましたか』て言うたんどす。それだけ聞けばもう十分や。よほど、失敗ばかりしてるダメ社員やてわかりました」

今度は、隠善が眉をひそめて言った。

「そんな気の早い」

「その通りどす。もちろんうちも、一人の話だけで判断はしやしまへん。試験官を務めてはった華道『柳生流』家元夫人の久美子《くみこ》さんところにも電話して訊きましたんや。『うちの夢遊が嫁にしたい言うてるんですけど、朱音いうんはどないな娘でしょう』って」

またまた隠源がぼやく。

「あんた、それはまたストレートな物言いやなぁ」

「それが家元夫人は、なんやようわからへん返事でなぁ。あの娘はええ、ええ娘や。そやけど、止めとき、悪いこと言わへんから止めときて……。わけがわからへん」

もも吉、美都子、そして隠源と隠善がなにやらクスクスと笑っている。楓には、なぜ笑っているのか理解ができなかった。

「どっちにしても、大した娘やあらしまへん。美人でもないし、いつもお客様に粗相してるらしいことはわかりました」

楓は、ますます饒舌《じょうぜつ》になった。

「うち、そこで気づきましたんや。桔梗小路での話には裏があるに違いないて」

「なんや、裏て?」

と、もも吉が眉をひそめる。

「朱音いう娘は、風神堂の京極丹衛門《たんえもん》社長はんの秘書をしてはる。そこが怪しいと睨《にら》みましたんや。まだ二十五やそこらの娘が、雨が降ったからというて、花びらや葉についた雨の雫《しずく》を拭うなどという発想が出て来るわけがない。きっと、京極はんが朱音という娘に、こっそりと指示をしたに違いないと踏みましたんや」

「試験」は、受ける者だけでなく、試験をする側も緊張する。その緊張を少しでも和《やわ》らげようという気遣いから、「茶席の座興」を企《くわだ》てたのではないか。そして、それにすっかりみんなが騙《だま》されてしまったのではないか、と楓は思ったのだ。

「とにかく明日のデート、なんとしてでも阻止せなあかん。もも吉お母さんから夢遊に止《や》めるよう言うてください。夢遊はもうその娘に夢中で」

もも吉は、呆れ顔で言う。

「若いもんのデート止めさせるやなんて、そないな無粋なこと、うちにはでけしまへん」

「そんな〜。もも吉お母さんは、いったいどっちの味方なんどす？」

「どっちのやなんて、妙なこと言わんといておくれやす」

「そやかて……うちは、そんな娘絶対認めへんからね！」

その時だった。もも吉が、一つ溜息をついたかと思うと、裾の乱れを整えて座り直す。普段から姿勢がいいのに、いっそう背筋がスーッと伸びた。帯から扇を抜いたかと思うと、小膝をポンッと打った。ほんの小さな動作だったが、まるで歌舞伎《かぶき》役者が見得《みえ》を切るように見えた。

「あんた、間違《まちご》うてます」

「え⁉」

その毅然《きぜん》とした物言いに、楓も背筋が伸びた。

「ええどすか。会《お》うたいうても、遠巻きに姿見ただけやないか。その朱音ちゃんのこと、人から聞いたことだけで勝手に想像して決めてかかってどないするんや！それを『憶測』いうんや」

「憶測て？……うちの眼ぇは正しいと信じてます」

「そやったら、さっき食べた麩もちぜんざい、どない言うてました？」

「どないって、美味《おい》しくいただきました。さすが讃岐の和三盆や、上品やなあて」

もも吉は、珍しく声を上げて笑った。

「嘘や嘘や。和三盆なんて使《つこ》うてへん」

ずっと黙って聞いていた隠源が、声を上げた。

「な、なんやて！　入ってへんて？」

「そうや、いつもと同じぜんざいや。新しいもん考えるんに疲れたさかい、こういう趣向で楽しんでもらうんも一興やろか、て思うてなぁ」

と、もも吉は隠源の方を向いて、にっこり笑った。

「う〜ん、やられたわ。降参や」

隠源はツルツルの頭に手をやり撫《な》でた。目を細めて苦笑いしている。相当に悔しいに違いない。

「僕は、いつもと変わらへんように思うたけど、はっきりとはわからへんかった」

と、夢遊が言う。楓は、さっき夢遊一人が首を傾げた理由がようやくわかった。

「おや？」と思うだけでも大したものだ。もも吉が、再び厳しい顔つきになる。

「ええどすか、楓さん。今の世の中、インターネットとかでぎょうさん情報が入ってくる。ほんまにこの眼ぇで見たことないこと、会《お》うたことない人の話が嫌でも耳に入ってくる。そないすると、それを知らず知らずのうちに、偽りでも真《まこと》やと信じ込んでしまうんや。『ほんまもん』いうんは、実際にこの眼ぇで見て確かめんとわからへんのと違いますか？」

楓は、まさしく目から鱗《うろこ》が落ちた思いがした。

「あんたんとこの、桔梗流の家訓、うちはよう覚えてますえ。『人は信なり、人は仁なり』どしたなあ。人は信用、人は思いやり。人が大事。『人』いう字が四つも入ってはる。その『人』いうんは、人伝《ひとづ》てではけっしてわからへんものと違いますか」

「へえ、お母さん。ようわかりました」

楓は、夢遊に言った。

「明日のデート、うちが付き添うてあげるわ」

夢遊が飛び上がらんばかりに一言。

「な、なんやて⁉」

「もも吉お母さんの言わはる通りや。『ほんまもん』かどうか、この眼ぇで確かめなあかん」

「お姉ちゃん、かんにんしてぇな〜」

「大丈夫や、うちに任せとき」

「もも吉お母さん、助けてぇな」

もも吉は、苦笑いして答えた。

「うちも楓さんにはかないまへんわ」

「さすがのもも吉もお手上げやな、アハハハ」

と、隠源が肩を揺すって笑った。


朱音は、心底困っていた。桔梗流の次期家元の夢遊さんから、デートに誘われたのだ。自分で、自分のことはよくわかっている。今まで一度も「可愛い」とか「きれい」と言われたことはない。体型にも自信がない。もう少しダイエットを頑張ればいいのだが、仕事がしんどくて、ついついストレス解消に炭水化物を食べすぎてしまう。

　夢遊さんから何度も、会社に電話がかかってきた。一度目はともかく、それが私《わたくし》の用件だと分かった以上、勤務時間中に電話に出ることは許されない。電話を取り次いでくれた同僚に、「忙しいから出られない」と伝えてくれるように頼んだ。

　これで諦めてくれるかと思ったら、今度は会社の社員通用口で声を掛けられた。これにはびっくりした。なぜ、私なんかをデートに誘うのだろう。そうだ、からかっているに違いないと思った。

　同僚の女の子に聞いたら、夢遊さんはモテモテで評判の男性なのだという。ルックスよし、性格よし。たぶん、お金持ちでもあるだろう。雲の上の人だから、きっとこんな普通の女の子が珍しくて仕方がないに違いない。

　第一、お休みの日は忙しい。いまだに包装が苦手で、暇さえあれば練習している。会社の包装紙を無駄にはできないので、似たような紙を自分でたくさん買って来た。それに、秘書検定の試験も近い。デートどころではないのだ。それなのに、この前、京極社長のお供で財界のパーティに行く途中、車の中で頼まれてしまった。

「朱音君、一度でええ。頼むから、夢遊はんとデートしてやってもらえんやろか」

「え？　……そんな、頼むだなんて」

「彼、本気みたいなんや」

「いいえ、からかっておられるんです」

朱音は固辞《こじ》した。

「そないしたら勉強のつもりでということならどないやろ。君も和菓子屋の社員や。いろんな店の甘いもんのこと知っておいて損はない。彼は、大のスイーツ好きやと聞いてる。評判のお店へ連れて行ってくれるはずや。京都の味文化の勉強会やと思うて……」

そして朱音は、ついに押し切られて頷《うなず》いてしまったのだった。


「あ〜、なんでうちらが待たされんとあかんのや」

楓がぼやくと、夢遊が、

「お姉ちゃん、嫌なら帰っても構わへんで」

「いいえ、もも吉お母さんの言わはる通り、この眼ぇでどないな娘か確かめるまで帰るわけにはいかん」

楓は、右手の人差し指で、自分の右目を指さして言った。

朱音とのデートの待ち合わせ場所は、京阪《けいはん》電鉄の出町柳《でまちやなぎ》駅の前だった。こちらから、京極社長を通して朱音に伝えてもらった約束の時間は、午前十時だった。ところが、少し後で京極社長から連絡が入り、「用事があるので、十時半にしてほしい」と言っているという。それで仕方なく応じたのだ。にもかかわらず、つい先ほどのこと。伝えておいた夢遊のスマホが鳴った。

「ご、ごめんなさい。用事が長引いてしまって……」

それで、待ち合わせに遅れるという。なんという娘だ。

「やっぱりや、夢遊」

「なんやお姉ちゃん」

「なんや、やない。自分から時間の変更を頼んでおいて、それさえも守られへん。時間にルーズなんや。夢遊、もう帰るで。会わんでもわかったさかいに」

「ちょ、ちょっと待ってや。きっと、何かよんどころない事情がでけたんや。そういうこと、誰にでもあるやろ」

「うちにはない」

楓は、イライラしていたが、どうにか心を鎮めるように努めた。

「ところで、夢遊。今日のデートのプランは、どないなってるんや」

「うん、もう嬉しくて、三日三晩寝ずに考えたんや。まず、すぐ近くの常林寺《じょうりんじ》さんへ行って、ちょうど見頃の萩《はぎ》を愛《め》でる」

「なんで見頃て知ってるんや」

「昨日、下見して来たんや」

「それはそれは、えらい力の入れようでご苦労なことやな」

楓は、舞い上がっている夢遊に呆《あき》れるばかりだ。

「その後、ふたばの豆餅買《こ》うて、お行儀悪いけど歩きながら食べよう思うてる」

「たしかに、茶道の家元にはあるまじきことやな。そやけど、豆餅は出来たてを食べるんが美味しい思うわ。うちには三つ買うてな。それから？」

「今日はスイーツ巡りが目的やさかい、豆餅をランチ代わりにしよか。その後な、ここも下見したんやけど、梨木《なしのき》神社の萩を見る。また趣《おもむき》が違《ちご》うてるさかいになぁ。それから寺町《てらまち》の『一保堂茶舗《いっぽうどうちゃほ》』の喫茶室『嘉木《かぼく》』はんで、お抹茶と和菓子いただこう思うてる。一服したら、京都御苑ん中ブラブラと散歩して、拾翠亭《しゅうすいてい》で名残のサルスベリ見ようかと」

拾翠亭は京都御苑の敷地内南側にある、五摂家《ごせっけ》の一つ、九条《くじょう》家のお屋敷跡だ。今は、曜日を限定して公開されている。今の時期は建物の二階から眺めると、池のほとりのサルスベリが目の高さまで茂り、いっそう華やいで見える。

「最後は、『虎屋菓寮《とらやかりょう》』の京都一条店でかき氷もええなあって」

「なかなかええコースやないの」

デートうんぬんよりも、楓自身がなんだか楽しくなって来てしまった。

朱音は、焦っていた。

焦ったところで、どうすることもできない。タクシーの中だからだ。社長のお供でよくタクシーには乗るが、プライベートで、こんなもったいないことはしたことがなかった。でも、これ以上、遅れるわけにはいかない。朱音は、タクシーの中で、駆け足をしたい気分だった。

このところ、毎週土曜日の午前中は用事が入っていた。そのため、夢遊さんから「十時に」と待ち合わせの時間と場所を指定されたが、余裕を持って十時半にしてもらった。なのに、思わぬことが起こり間に合わなくなってしまったのだ。

「ごめんなさい。三十分遅れます」

と電話したものの、その十一時にもギリギリの時間になってしまった。

「ごめんなさい」

ペコペコと頭を下げた。謝ることには慣れている。夢遊さんは、

「ええから、ええから、頭上げてぇや」

とにこやかに言ってくれた。ところが、なぜか知らない女性が隣に立っている。

朱音はただ戸惑うばかりだった。

「うちは夢遊の姉の楓いいます。よろしゅう」

「お、お姉さん……わ、わ、私、斉藤……」

と言い掛けると、

「あんたが朱音さんやね。ええかぁ、人との約束も守られへんようでは、社会人として失格や。なんであんたみたいな娘が風神堂に就職でけたんやろな」

「ご、ごめんなさい」

朱音は、ただ謝るしか術《すべ》がない。

「もうええやないか、お姉ちゃん」

楓さんは、プィッと横を向いてしまった。夢遊さんが申し訳なさそうに言った。

「ごめんな、お姉ちゃんが一緒で。どうしても朱音ちゃんに会いたい言うてついて来てしまったんや。ところで朱音ちゃん、お腹空いてへんか？　いろいろ計画してたんやけど、時間がズレてしもうたさかいに、先にお餅食べようかと思うんやけどどうや？」

「は、はい……空いてます」

実は、朝から動き回ったので腹ペコだった。楓さんは、先に歩き出してしまう。

「お姉ちゃん、どこ行くんや？」

「ふたばさん行くんやろ」

と言い、信号を渡っていく。その後ろを夢遊さんとともに追い掛けた。

「名代《なだい》豆餅　出町《でまち》ふたば」は、京都で一番に人気の豆餅屋さんだ。創業は明治三十二年。いつも長い行列ができている。江州米《ごうしゅうまい》の餅に赤えんどうを混ぜ、こしあんを包んだお餅だ。

「ああ～やっぱりや」

今日も、ずらりと人が並んでいた。楓さんが、朱音に話し掛けた。

「朱音ちゃん、あんた買《こ》うて来《き》い。うちら、そこの喫茶店で待ってるさかい」

「はい、わかりました」

「お姉ちゃん何、勝手言うてるんや。朱音ちゃん、待ちながらおしゃべりしよな」

楓さんは、会った時から機嫌が悪い。仕方がない。自分が遅れたのがいけないのだから……。

結局、十分ほど待って、それぞれ三つずつ豆餅を買った。一つは、三人ともその場で、パクリと食べた。その後、高野川《たかのがわ》と賀茂川《かもがわ》が合流し鴨川《かもがわ》になる「鴨川デルタ」と呼ばれる広場に行き、腰を下ろして残りの二個を食べた。

「うちは、飲みもんないと、餅がのどに詰まるわ」

と楓さんが言うので、朱音は走って自販機でお茶を買って来た。甘いものは、人の心を和《なご》ませる。そのせいだろうか、楓さんの機嫌も、少しは直ったようだ。

その後、夢遊さんを先頭に常林寺へ。もちろん初めてだ。門をくぐる前に、朱音は「わあ〜」と声を上げてしまった。門から本堂までの参道の両側から、萩の花がまるで砂浜に大波が押し寄せるように咲いている。今、まさに満開だった。

「朱音ちゃん、写真撮ろか」

夢遊さんが近寄って来て、急に肩を抱くのでびっくりしてしまった。

「お姉ちゃん、撮ってえな」

「いやや」

「仕方ないなぁ」

夢遊さんは左手でスマホを手にして、朱音をより強く抱き寄せ、自撮りした。こんなことをされたのは生まれて初めてだった。まるで、恋人同士のようだ。今まで彼氏ができたことは一度もない。こうして肩を組んでツーショットを撮られると、ボーッとしてしまう。ダメだ、ダメだ。こんなの夢だ。からかわれているのだ。朱音は、「今日一日限りの夢なのだ」と自分に言い聞かせた。

「さあ、次はまた僕のオススメのお店に、甘いもん食べに行くでぇ」

と、朱音は夢遊さんに手を取られた。男の人と手を繋ぐのも、生まれて初めて

だ。顔から火が出そうになった。その手を無意識に振りほどく。夢遊さんは、

「かんにん、かんにん……」

と、ちょっぴり悲し気《げ》な瞳で朱音を見た。信号を渡り、賀茂大橋《かもおおはし》を越える。しばらくして左へと曲がった。その間、夢遊さんにいろいろと尋ねられた。

「好きな食べ物は何？」

「えーと、卵焼きとか……」

緊張しているせいか、他に何も頭に浮かばない。

「ドラマとか映画とか観るの？　好きな俳優さんは？」

もちろん、好きな俳優さんはいる。でも、どうしたことか名前が出てこない。困って考えていると、楓さんに尋ねられた。

「朱音ちゃんのご両親はご健在なん？」

「いいえ。父は小さい頃亡くなりました」

「大学では何を勉強してはったん？　サークルとかは？」

「ええっと……」

「お姉ちゃん、ええ加減にしいや。失礼やないか、そないに次々に質問して」

「そやかて、お付き合いするゆうたら、結婚が前提や。いろいろ知っておくんは、姉として大事なことやないか」

朱音は卒倒《そっとう》しそうになった。

「え⁉　……け、結婚？」

「かんにんな、朱音ちゃん……もう、お姉ちゃん帰ってや」

朱音は、楓さんが一緒に来た理由が、今になってわかった。私のことを怪しい人間だと思っているのだ。それで、弟を心配して……。でも、心配は無用だ。何かの勘違《かんちが》いなのだから。何を尋ねても、スーッと答えられないことに、夢遊さんも、がっかりし始めているに違いないのだ。

夢遊さんと並んで、寺町通《てらまちどおり》を下がる。その後ろから、楓さんがぴったりと付いて来る。

「なんやろ」

と、楓さんが最初に声を上げた。朱音は、楓さんの視線の先を見た。なにやら、子どもたち数人が、ワイワイと輪になって集まっている。扇町地蔵尊《おうぎちょうじぞうそん》の辺《あた》りだ。たぶん、すぐ近くの京極《きょうごく》小学校の児童だろう。

京都市内のあちこちには、小さな祠《ほこら》にお地蔵さんが祀《まつ》られている。郵便ポストほどの大きさだ。その数は数千と言われている。ここもその一つだ。町内の人たちの信仰を集め、みんなで掃除やお供え物などの世話をしている。

近寄ると、子どもたちは何かを見ている。

「ニィ〜ニィ〜」

「あっ、子猫だ！」

朱音は、子どもたちの輪の中をのぞき込んだ。路上に一抱えほどの大きさの深い段ボール箱が置いてある。中には、子猫が一匹。朱音の瞳を甘えるように見上げた。

「どうしたの？」

と、朱音は子どもたちに尋ねた。一人の男の子が答える。

「今日はお休みの日やけど、僕ら学校で行事があって。朝、登校する時に、ここに捨てられてるの見つけたんやけど、遅刻するとあかんから学校行ったんや。その時には、三匹いたなあ」

「うん、三匹やった」

と別の男の子が答えた。

「きっと二匹は、誰かが拾うてくれたんやと思う。そやけど、この子は、ぶさいくやさかい残されてしまった思うんや」

朱音は、男の子が「ぶさいく」という言葉を使ったのを聞いて、自分のことを言われているようで哀《かな》しい気持ちになった。でも、それは事実だった。白に茶色と黒の混じった身体をしているが、鼻や目の辺りに、「神様は残酷《ざんこく》ではないか」と思うほどアンバランスに斑《ぶち》の模様が付いている。段ボールの中には、手紙が置いてあった。

「ちょっとごめんね」

と言い、朱音は子どもたちの輪を掻《か》きわけて中に入る。そして、手紙を手に取った。

> どうしても飼うことのできない事情があります。本当は、いけないこととわかっていますが、他に方法が思いつきませんでした。どなたか、この子たちを飼っていただけますようお願いいたします。
> どうか、お地蔵様のご慈悲《じひ》がこの子らと、貴方《あなた》様にありますように。

朱音は、涙が出そうになった。なんてひどいことを。動物を捨てることは罪になる。でも、手紙にあるように、よほど已《や》むに已まれぬ事情があってのことに違いないのだろう。それが証拠に、段ボールの底にガーゼタオルが敷き詰められ、小さな皿にお水とキャットフードまで置いてある。そして、隅には猫用のトイレも作ってあった。

朱音は、この小さな命を見過ごすわけにはいかないと思った。しゃがんだまま子どもたちに尋ねる。

「ねえ、あなたたち。誰かおうちで飼ってあげられる人いない？」

みんな顔を見合わせる。

「ツバサんちはどうや？」

「うちはあかん。父ちゃんが猫嫌いなんや。それより、お前んちはどうなんや？」

「うちは、犬三匹も飼《こ》うてるんや。それも家の中で。そやからあかん。でもこのままでは、かわいそうや。どないしよう。先生に相談したらええんやろか」

隣の子は、今にも泣き出しそうな顔で言う。

「先生も困らはるだけやで。学校で飼うわけにはいかへんし……」

どの子からも、「なんとかしたい」という気持ちが伝わって来た。朱音は、子どもたちの輪の外に立っている夢遊さんと楓さんに話し掛けた。

「あの～お二人の家で、飼うことってできませんか？」

見上げた子どもたちの目が、夢遊さんと楓さんに注がれた。夢遊さんが残念そうに答える。

「うちはなぁ、猫はご法度《はっと》なんや。高価な茶器やら壺《つぼ》が家ん中のあちらこちらに置いてあるさかいになぁ。小さい頃、僕も猫拾うて来て叱られた口や。お姉ちゃんとこは、どうなんや？」

　楓さんが首を横に降る。

「あかんあかん、うちは旦那《だんな》と一番上の子が猫アレルギーなんや。なんともならへん。そういう朱音ちゃんはどうなんや」

「はい、私も飼ってあげたいんですけど……アパートがペット禁止なんです」

「そうか～」

「仕方ないなぁ」

　と、夢遊さんも楓さんも肩を落とした。

　朱音は決めた。この子のもらい手を探そうと。早速、スマホを取り出して、アドレス帳を見ながら思い当たる人を思い描く……しかし、京都に友達がいないことに気付いた。就職してから会社の仕事や勉強で精一杯だったからだ。

　とはいっても、京極社長にお願いするわけにもいかない。それなら……自分の足で探すしかない。朱音は、子猫の入った段ボール箱を持ち上げて、両手で抱えた。

「あなたたち、安心して！　お姉ちゃんが飼ってくれる人を探してあげる」

「え!?　ホント！」

「お願いします、お姉ちゃん」

「よかった～」

子どもたちは、もう解決したかのように喜んだ。

「ちょ、ちょ、ちょっと待ちなはれ、朱音ちゃん」

と、楓さんが言った。

「私がなんとかします」

「なんとか、て言うても……」

朱音は、寺町通を下がり始めた。まずは、一軒目。すぐ近くのカフェの扉を開けて言った。

「ごめんください。あの～お願いがあるんですが」

楓さんが、悲鳴のような声を上げた。

「そないな無茶な～」

「地蔵堂の所に捨てられていた子猫、もらってもらえませんか?」

オーナーらしき、ひげのおじさんが答える。

「なんや、突然。ああ、捨て猫かいな……かんにんなぁ、ここは食べもん屋やさかい動物は飼われへんのや。それに、ここに住んでるわけやあらへんし」

「そ、そうですよね。お仕事中、ご迷惑をお掛けしました」

朱音は、すぐに外へ出た。

「そ～らみなはれ。いきなり訪ねて行ったって、誰がもらってくれる言うんや」

夢遊さんが、シャツを腕まくりして、朱音に言った。

「朱音ちゃん、一緒に探そ！　箱、僕が持ってあげるさかい」

「な、何言い出すんや夢遊。今日は、デートなんやろ。それに、スイーツ巡りはどないするんや。うちは、一保堂さんの和菓子楽しみにしてるんやで」

朱音は、二人には申し訳ないとは思ったが、今は子猫のことで頭が一杯だった。

「ごめんくださ〜い」

そして、隣の民家の前で玄関のドアホンを押した。でも、それに返事はなかった。


朱音は、幼い頃のことを思い出していた。あれは、たしか小学三年生になる前の春休みのことだった。隣の家のさっちゃんと、いつもの児童公園へ遊びに行くと、ぞうさんの滑り台の下から猫の鳴き声がした。子猫だ。お風呂場で使う、プラスチックの洗面器の中に二匹。

「ニー、ニー」

「かわいい〜」

「かわいいね」

二人して、子猫の喉元や背中を撫でてやった。また、

「ニーニー」

と鳴く。朱音は、たまたま持っていたビスケットをあげたが、食べようとはしなかった。さっちゃんが、「お母さんに聞いてみる」と言い、朱音も「うちも！」と答え、それぞれ子猫を抱いて家に走った。でも、どちらの母親の返事も同じだった。

「うちでは飼えません。返して来なさい」

がっかりして、二人して元の場所に戻しに行った。そこから立ち去る時、後ろ髪を引かれる思いがした。その翌日のことだ。二人で滑り台の所へ行くと、洗面器ごと無くなっていた。

「きっと、誰かが拾ってくれたんだよ」

「うん、よかったね」

さっちゃんと手を取り合って喜んだ。帰ろうとして、公園を出たところで向かいの美容院のおばちゃんに声を掛けられた。

「あんたたち、子猫見に来たのかい」

「はい」

「うちでも飼いたいと思ったんだけどねぇ。うちの人が反対してねぇ。餌代《えさだい》がかかるとか言ってて」

朱音は、おばちゃんに尋ねた。

「誰が飼ってくれることになったか知ってますか？」

「ああ、昨日の夕方、お役所の人が来て持っていったよ」

「え、お役所って？」

「ああ、保健所の……」

とまで言い掛けて、おばちゃんは口をつぐんだ。そして急に愛想《あいそ》が無くなり、

「もういいから帰りなさい、さあ仕事仕事……」

家への帰り道、向こうから同じクラスの勇太《ゆうた》がやって来た。バイオリンのケースを持っている。これから稽古《けいこ》のようだ。

「ねえ、勇太君……」

朱音は、子猫の話をした。そこの公園に捨てられていた子猫が、保健所に引き取られて行ったらしいと……。

「保健所で猫飼ってくれるの？」

「バカだなぁ、そんなことしたら、保健所は猫だらけになっちゃうじゃんか」

「そうだよね」

と、さっちゃんが頷く。

「それじゃあ、飼い主探してくれるの？」

「うん、そういうこともするらしいけど、最終的には処分されるらしいよ」

「え？　……処分って？」

「処分は処分さ。僕、お稽古に遅刻しちゃうから行くよ、またな」

その先のことを、想像したくなかった。心の中で、考えないようにしようと努めたが、涙があふれてきて止まらなくなった。それから二日ほど、ご飯も喉に通らなくて家族を心配させた。だから、だから……もう二度と、あんな辛い思いはしたくない。何が何でも、誰か面倒をみてくれる人を見つけるのだ。

楓は、もう呆《あき》れるばかりだった。いったい、この朱音という娘《こ》は、何なのだろう。一軒、一軒、ドアホンを鳴らして、

「子猫飼ってくれませんか？」

と言って歩くなんて。それに付き合う夢遊も夢遊だ。いくら朱音に好かれたいからとはいえ、常軌《じようき》を逸《いつ》している。

「やめとき、迷惑になるで」

そう何度も言ったが、聞く耳持たず。朱音は、どんどんと先を歩いて行く。そう言えば、なぜだろう。それまでは、話し方はゆっくりで動作も緩慢《かんまん》。それこそ「のろま」なイメージだったのに、子猫を見つけたとたん、急に快活になった。さら

に、顔つきもキリッとしている。とても、同じ人物とは思えない。二人を追い掛けるようにして、楓は已《や》むを得ず付いて行った。

「この辺りは、学校やお寺が多くてあかん。丸太町《まるたまち》通渡《どおりわた》ろ」

「はい」

寺町通は、東西の丸太町通を過ぎると古くから商《あきな》いをしているお店が多く軒を連ねている。菓子店、文具店、金物店の他、美術品やインテリアを扱う店もある。

朱音は、その一軒一軒のドアを開けて、まったく臆《おく》することなく、

「お願いがあるのですが、この子猫飼っていただけませんか？」

と頼み続ける。いったい、この娘《こ》の神経はどうなっているのやら。楓にはまったく理解ができかねた。そうこうするうち、お抹茶《まっちゃ》と和菓子を食べる予定だった「一保堂茶舗」まで来てしまった。

「ちょっと甘いもんでも食べて、休憩《きゅうけい》せーへんか」

と提案したが、これも聞く耳持たず。食べ物を扱うお店なので尋ねるまでもないと思ったのか、そのまま通り過ぎてしまった。楓はがっかりして溜息をついた。

次に訪ねた画廊《がろう》のご主人に、こんなアドバイスをされた。

「もし、子猫捨てはったお人が、やっぱりあかんかったて思い直して、捨てた場所に戻って来はることも考えられんやろか」

「あっ……」

と、朱音が漏《も》らす。楓も、「なるほど」と思った。

「二匹は朝のうちに、誰かに貰《もら》われて行ったんやろ。ひょっとして、元の所に置いておいたら、この子猫も誰かが拾ってくれはるかもしれへんで。お地蔵さんの世話してはる町内の役員さんが、ひと肌脱いでくれるかもしれへんし」

朱音が、夢遊と楓の顔を代わる代わる見つめて言う。

「その通りだと思います。私、間違えたことしたかもしれません」

夢遊が慰《なぐさ》める。

「そないなことあらへん。朱音ちゃんのやさしい気持ち伝わってきたで。そうや、こうしよ。元の場所にいったん返しに行くんや」

楓は、すかさず相槌《あいづち》を打つ。

「そうや、それがええ」

「それでな、スマホでこの子の写真撮ってから、もいっぺん探すんや」

「ハイ！　そうします」

「な、なんやて、まだ探すんかいな」

楓は夢遊の言葉に呆れた。返しに行くのはいい。だが、その後もまだ探し続けるというのか。

そして再び、元の扇町地蔵尊の所まで戻って来た。

「うち、疲れたわ～」

と楓がぼやくが、二人とも子猫のことで夢中だ。夢遊が、段ボールを地面にそっと置いた。

「ニィ～ニィ～」

「ニィちゃん、ごめんね。揺れて疲れたでしょ」

「いつの間に、ニィちゃんになったんや」

と楓が言うと、夢遊が答える。

「僕も知らん間に愛着が湧《わ》いてきてしもうた。ニィ～ニィ～鳴くからニィちゃん。ええやないか、可愛い名や」

不思議だった。いつの間にか楓も、この子猫が可愛くて仕方がなくなってしまっていた。かといって、家に連れて帰るわけにはいかない。なんとかして飼い主を探してやりたい。しかし、そんな気持ちを二人に気取《けど》られないよう、わざと冷たく言った。

「朱音ちゃん、ものごとは行動する前に、ちゃんと考えなあかんで、画廊のご主人の言わはる通りや」

「はい、ごめんなさい」

「うちらを引きずりまわしてからに……非常識やないか」

「何言うてるんやお姉ちゃん。お姉ちゃんが勝手についてきたんやないか」

「そら、そうやけど」

　楓は、ふと、似たようなことがあったことを思い出した。

　あれはいつのことか、そうだ小学校二年生の時だ。学校の帰り道、公園のトイレの前に捨てられていた子猫を拾った。家では猫は飼えないとずっと言い聞かされて来た。なので、こっそりと庭の小屋で育てようと思ったのだ。夕食後、ミルクを飲ませようとして忍び足で台所へ行き、冷蔵庫を開けたところで母親に見つかってしまった。

「返して来なさい」と叱られ、泣きながら元の場所に置いて来た。もう日が暮れかかっていた。翌朝、登校する際に公園の前を通りかかって……立ちすくんだ。段ボールの中で子猫が動かなくなっていた。触れると、もう冷たくなっていた。一時間目の授業が始まっても泣いていた。先生がどうしたことかと、親に電話をしてくれて早退した。

　もうあんな思いはしたくない。朱音のことは、見ているだけでイライラする。でも、この子猫を何とかしてやりたい、という思いが込み上げてきた。と同時に、朱音に対して不思議な気持ちが湧き上がってきた。でも楓は、それがなんなのかわからなくてもどかしかった。

「何してるんや、朱音ちゃん」

回想にひたってセンチメンタルになっていた楓は、夢遊の声に我に返った。朱音は、自分の後ろ髪をまとめていたピンクのリボンをはずした。とたんに、髪が解《ほど》けて垂れ下がる。朱音は、しゃがんで子猫の細い首に、ゆるくゆるく巻いてやる。

「可愛いやないか」

と、夢遊が朱音の隣にしゃがんで囁《ささや》く。

「はい、さっき子どもにぶさいくって言われて……だから少しでも可愛くしたら誰か拾ってくれないかなって」

さらに、朱音は、肩掛けのバッグの中をゴソゴソしていたと思うと、花柄のポーチを取り出した。そのチャックに付いているストラップをはずし、リボンに取り付けた。

リンッ！

と、子猫の首元で鈴の音が鳴った。夢遊がストラップを手に取って見入る。

「あっ、これ！　今日、朱音ちゃんを案内しようと思うてた梨木神社《なしのきじんじゃ》さんのお守りや」

それは、梨木神社の開運「萩鈴」だった。親指の爪ほどの大きさ。太鼓《たいこ》のミニチユア版のような形をしており、白地に萩の絵柄が描いてある。

「はい、尊敬している祇園の甘味処のお母さんからいただいたんです」

「まさか、もも吉お母さんか？」

「はい」

楓は驚いて尋ねる。

「あんた、もも吉お母さんと親しいんか⁉」

「そんな……親しいだなんてとんでもないです。ただ、いつも私がのろまだからと心配してくださって……『梨木神社さんは学業成就《じょうじゅ》の神様や。これあげるさかいに秘書検定の勉強気張《きば》りなはれ』って」

楓は首を傾げた。昨日、あんなに朱音の話をしていたというのに、もも吉は朱音のことを知っているとは一言も口にしなかった。まさか、『憶測でものを言うな。実際に自分の眼で見て確かめんとあかん』と言ったのは、この眼で朱音という娘の姿を見定《みさだ》めさせようとしたのだろうか。

「あんた、もも吉お母さんにもろうた大切なもん、そないなことしてええんか」

「これで子猫のもらい手が見つかるのなら、お母さんも喜んでくださると思います」

「なんや、別人、やなかった別猫みたいに可愛《かわゆ》うなったなぁ」

そう言う夢遊に、楓は少々ふて臭《くさ》れたようなフリをして、

「そうやなぁ」

と答えた。楓は、バッグからヘアゴムを取り出して朱音に渡した。

「そのままでは、みっともないやろ」

「え？」

「そないに頭ボサボサにしてたら、一緒にいるうちらが迷惑するわ」

「あ、ありがとうございます」

と言い、ヘアゴムで髪を結わえた。

「ええとこあるやないか、お姉ちゃん」

「ふんっ」

と、横を向く。朱音は、地蔵尊に手を合わせて呟いている。

「どうか、ニィちゃんに新しい素敵《すてき》な飼い主が見つかりますように……」

夢遊も隣に立ち、祈った。つられるようにして楓も拝《おが》む。「なんでうちがこないなこと」と思いはしたものの、手を合わせるとなぜか心の中が澄《す》みわたってゆくような気がした。

「さあ！　またもらい手を探しに行きます!!」

と、朱音が立ち上がる。こちらはもうヘトヘトだ。なんというタフな娘なのだろ

う。

「うん、行こか。お姉ちゃんは疲れたやろ。もう帰ってもええで」

「何言うてるんや。一緒に行くに決まってるやないか」

朱音は、

「行ってくるね」

と言い、ニィちゃんの頭を撫《な》で、再び歩き出した。


その後、いったいどれほどの民家やお店を訪ねたことだろう。

河原町通《かわらまちどおり》へ出て、まっすぐ下がった。丸太町通を西に向かい、その後は商店や民家が入り交《ま》じる御所南辺りを右に左にと歩き回った。朱音は、「ここは」という店に入ってスマホの画面を見せてお願いする。民家でドアホンを鳴らして用件を伝えるが、「間におうてます」と訝《いぶか》しがられて切られてしまうことも多かった。

楓は時計を見た。もう四時を過ぎている。かれこれ、三時間余りも猫の引き取り手を探して彷徨《さまよ》っているのだ。もう帰りたかった。しかし、そう思うたびにあの幼い頃の悲しい出来事が蘇《よみがえ》ってきた。それにしても、いったいこの娘は、なんという忍耐力なのだろう。楓は朱音に尋ねた。

「あんたなぁ。なんでこないに、この子猫のことに一生懸命になるんや」

　朱音は、立ち止まって楓に答える。

「ニィちゃんが可哀《かわい》そうというのが一番です。でも、罪を承知であそこに段ボール箱を置いた人の気持ちを思うと、せつなくてたまらなくなるんです。きっと辛かっただろうなあって。二匹の子猫を拾ってくれた人たちもそうです。本当はもう一匹、連れて帰りたかったんだと思うんです。でも、そうしたくてもそれができなかったんですよね。その人たちも悲しませたくないんです……」

　楓の瞳をのぞき込むようにして言う朱音の瞳は、少し潤《うる》んでいた。楓は、何も言葉を返すことができなかった。

　気が付くと、高倉通《たかくらどおり》三条の角に立っていた。もう少し行くと、楓の実家の桔梗流家元の屋敷だ。先頭を行く朱音は、いっこうに疲れを見せず、古い暖簾《のれん》がかかるお店に入ろうとしていた。楓は、慌てて駆け寄る。

「ここはうちに任せとき」

「え？」

　それを受けて、夢遊が説明する。

「ここはなぁ、お姉ちゃんの幼馴染《おさなな じ》みのケンちゃんの家なんや。たしか小学校の頃お互いの家を行き来して遊んでたさかい、よう知ってるんや。江戸時代から続く老舗《しにせ》で、湯葉《ゆば》を作ってはる」

表の庇《ひさし》の上には、「千成《せんなり》湯葉」と彫られた大きな看板が掲げられている。店主は老舗中の老舗だけが入会を許される「京都匠《たくみ》の会」の重鎮《じゆうちん》だ。

「もうずいぶんご無沙汰《ぶさた》してるけど、お父さんもお母さんもきっと、うちのこと覚えてくれてはるはずや」

そう言い、楓は懐かしさも手伝って勢いよく暖簾をくぐった。夢遊と朱音は、その後について行く。

「おじゃまします」

楓がそう言うと、ご主人がすぐに楓の姿に目を止めてくれたらしく、パッと笑顔になり、

「おお、ようおこしやす」

と出迎えてくれた。紺色の作務衣《さむえ》をまとっている。さすが商人だ。ケンちゃんの父親が、こちらの顔を覚えていてくれたことに楓はホッとした。店主は続けて声高に言った。

「ほんまにほんまに〜、いつもお世話になっておおきに」

「……？」

「いつもお世話に」とはどういう意味だろう。楓は、返事ができない。

「ちびっと待っててや。大女将《おおおかみ》呼んでくるさかいに」

と言い、奥の部屋に入って行ってしまう。仕方なく、三人は店先で待っていた。かなり長いのでは……と思った頃、ご主人に支えられて大女将が現れた。ちょっとの歳に思われたが、ふさふさとした髪は、きちんと染めているらしく黒々としてい
る。

大女将は、見た目よりはずいぶんとしっかりした口調で言った。

「朱音ちゃん、今朝《けさ》はえろう世話になったなぁ」

「い、いいいえ別に」

と、楓の後ろで朱音が答えた。

「そないなところでは失礼や。お前、なんでお座敷《ざしき》に上がってもらわへんのや」

「ほんまや、かんにんなぁ朱音ちゃん」

と、店主が「奥へ」と手招きする。

「い、いえ。ゆっくりしていられないんです」

「あんたはいつもそうや。まあええ、そこ座りなはれ」

と大女将は言い、従業員の女性にお茶とお菓子を持ってくるように指示した。

「あっ。そういえば、あんたら明智さんところの……」

と大女将が言うと、ご主人も〝今はじめて〟気づいたというように、

「そうやがな。楓ちゃんと夢遊君やないか。今日は朱音ちゃんと一緒にどないしたんや」

と真顔で尋ねた。

楓は茫然《ぼうぜん》とした。朱音に対して面目丸潰《まるつぶ》れだ。

しかしなぜ、「千成湯葉」の大女将が、こんなにも親しげに朱音に話し掛けるのだろう。そうだ、きっとそうに違いない。京極社長の使いで、ひんぱんに贈答品の湯葉を誂《あつら》えに来ていて顔馴染みになったに違いない。

夢遊も、楓と同じ疑問を抱いたらしく尋ねた。

「あのう、朱音さんと大女将とはどういう知り合いなんですか？」

大女将は、夢遊でも楓でもなく、朱音の方を向いて言う。

「なんや朱音ちゃん、お二人に、うちらのことなんも説明しとらんのかいな」

「説明と言われても……」

朱音は、どう説明したらよいか考えあぐねている様子だ。

「あのな、朱音ちゃんにはえろうお世話になってましてなぁ。あれはもう三月《みつき》も前のことどしたかいな。今宮《いまみや》さんまで夏越《なごし》の祓《はらえ》の茅《ち》の輪《わ》くぐりに出掛けた帰りのことや。歩道の段差で転んでしもうてなあ。腰を強う打ってしまいましたんや」

「それはそれは難儀《なんぎ》なことで」

と、夢遊が同情して言う。

「そいでなぁ、整形外科さんでレントゲン撮って診《み》てもろうたんやけど、異常ない言われまして。そやけど、いっこうに痛みが治《おさ》まらしまへん。そういう時は、うちでは昔っから、榎本先生にお世話になると決めてますんや」

「あ、私も昔、お世話になったことあります。俵屋《たわらや》さんのすぐ近くのところにある榎本接骨治療院さんですね」

「そうやそうや。それがなぁ、悔《くや》しいけどやっぱり歳には勝てんいうことやろか。治療に行く途中で、また転んでしまいましたんや。そこへ通りかかったんが、朱音ちゃんや。えろう親切に介抱してくれましてなぁ。そのまま榎本先生のところまで付き添うてくれはった。その上、診察とリハビリが終わるまで待っていて、家まで送ってくれはったんや」

「そういうことでしたか」

と、夢遊は朱音を眩《まぶ》しげな瞳で見つめた。あいかわらず朱音は、黙って店の框《かまち》にちょこんと座っている。

「それだけやないんや」

「と、言わはると？」

「うちはなぁ、ご存じの通り、朝の早い仕事や。まだ真っ暗なうちから豆乳作らなあかん。その後は、湯葉の汲《く》み上げ、出荷と大忙しなんや。それで、榎本先生とこへ家《うち》のもんに付き添うてもらうわけにもいかん。タクシー使《つこ》うてもええんやけど、先生はそれではリハビリにならん、歩かんと、ほんまに歩けんようになるで、て脅《おど》さはるし。なにげのう先生に『困りましたわー』て零《こぼ》したんを、この朱音ちゃんが聞いてはって。『土曜日だけでよければ、送り迎えさせてもらいます』て。ほんま今どき、なんてやさしい娘なんやろなあ。あんたらも、そう思いますやろ」

　楓は言葉を失った。そして、恥ずかしくもなった。もし自分だったなら、そこまですることができるだろうか。休日の午前中を、見ず知らずの人のために……。しかし、話はまだ終わらなかった。

「それでなぁ、今では朱音ちゃんは榎本先生んところのアイドルゆうか、みんなに親われてましてなぁ。足の悪い患者さんの靴履《は》くの手伝《てつど》うてあげたり、嫁の愚痴《ぐち》を聞いてあげたり。今朝も、玄関のコスモスに水遣ってはった。ほんま、朱音ちゃん、いつもおおきになぁ」

「そうですかぁ」

　と、夢遊が感心したという表情で相槌《あいづち》を打つ。大女将の話には、まだ続きがあった。

「それになぁ、今朝はちょっとしたトラブルがあってなぁ」

「というと……」

「診察が終わって、うちが朱音ちゃんに送ってもらおうとして玄関まで出たら、小学生のぼんを背中に負《お》ぶったお父さんが駆けて来ましたんや。塀に上って遊んでたら、落ちてしもうたらしい。泣きわめいてる子を朱音ちゃんがあやしながら先生んとこへ付き添うてあげてなぁ。さすが名医や、肩、脱臼《だっきゅう》してるだけや言うて『エイッ』て先生が気ぃ入れたら治ってしもうたんや。そやけど熱持ってるさかいに、冷やしとくのがええいうことで、朱音ちゃんが近くのコンビニへ行って氷買《こ》うて来てくれたんや」

楓は、朱音が約束の時間に遅れたのはそれでか……と思った。さんざん約束の時間に遅れたことを責めてしまった。胸の奥がチクリと痛むのを覚えた。

朱音が、大女将が息をついた瞬間を見計らって、口を開いた。

「あのう、ごめんなさい。今日は、お願い事があって……」

大女将は、朱音が言い終わらぬうちに答える。

「なんやなんや、水臭い。朱音ちゃんの頼みならなんで聞かせてもらうわ」

楓は、その場から消えてしまいたいと思っていた。ただじっと、小さくなってそこに座っていた。朱音は、スマホに映っている子猫を見せながら、扇町地蔵尊から、ここまでずっと捨てられていた子猫を引き取ってくれる人がいないかと探し歩いて来たが、いまだに応じてくれる人がいないという話をした。

「なんや、そないなことかいな。うちに任せときぃ」

「え！　本当ですか？」

「こういう仕事してるさかいに、猫は飼えへん。そやけど、この千成湯葉の大女将が責任持って探したるさかいに安心しなはれ。お前も、そこで聞いてたやろ」

と、大女将は近くで包装作業をしていたご主人の方を向く。

「へえ、こないにいつもお世話になってる方の頼みや。取引先やらご近所さんやら、そうや！　同級生にも声掛けて、何が何でもお世話させてもらいます」

「よかった～」

朱音は、早速、ご主人のスマホにニィちゃんの写真を転送した。

「それでは……」

と、朱音が立ち上がる。

「なんやなんや。もう帰るんかいな。もうすぐ夕方や。うちは朝は早いけど、この時間は暇なんや。夕飯、奢《おご》らせてえな。すき焼きはどないや？」

「いえ、ニィちゃん……。あ、子猫を迎えに行かないといけないから」

「そうやった、そうやった」

と、大女将がいかにも残念そうに答える。すると、ご主人が机の上に置いてあったキーを手にして立ち上がった。

「わてが迎えに行ってあげますわ。ワゴン車やけど、一緒に行こか？」

「え？　助かります」

実のところ、この中で、一番にホッとしたのは楓だった。大女将が、夢遊と楓の顔を順に見て言った。

「この歳で、こないに人間のでけた娘はおらへん。うちの孫の嫁にしたいわ」

「……!?」

口には出さないが、楓は夢遊の瞳孔が開くのがわかった。しかし、ご主人の一言で、店内は笑いの渦《うず》になった。

「何言うてますのや、お母さん。あんたの孫は、もう結婚して二人も子どもがおるやないですか」


「千成湯葉」のご主人の運転で、三人は再び、いや三度《みたび》、扇町地蔵尊まで戻って来た。車が止まる前に、助手席に座っていた朱音が窓の外を指さして言った。

「あれ？　あの子たち」

ワゴンが地蔵尊の近くで停まると、朱音が飛び出すようにして一番に車から降りた。夢遊もそれに続く。すると、子どもたちも、ワゴンの方へと駆け寄って来た。昼間の小学生らのうちの三人の男の子だった。一人の子が叫ぶように言った。

「あっ！　昼間のお兄ちゃんとお姉ちゃんや」

「どうしたの？　僕たち」

と、朱音が尋ねた。

「僕ら、あの後、河原で遊んでたんやけど、やっぱり子猫の事が心配になって、いま、見に来たとこなんや」

朱音が答える。

「そうだったの。でもね、大丈夫よ。もらい手は見つかりそうだから安心して」

「それが、子猫が段ボール箱ごといなくなってるんだ」

「え？」

楓は、「子猫がいない」と聞いて、慌てて車から飛び降りて子供たちに走り寄った。

「いなくなるって、どういうことやの？」

と尋ね、辺りを見回した。たしかに、段ボール箱はどこにもない。

男の子が、地蔵尊の下の方を指さして言う。

「そこに、貼《は》り紙がしてある！」

地蔵尊の下の方に、何やら紙切れが貼ってある。それは、新聞のチラシの裏を使って書かれたメッセージだった。楓は、夢遊と朱音、そして男の子たちと一緒に地蔵尊の前まで来てしゃがみ込んだ。千成湯葉のご主人も車から降りて来て、のぞき込む。マジックペンの文字は、丸っこくて可愛くて、いかにも若い女の子が書いたものに違いないと想像できた。

子猫ちゃんは、うちでお世話させていただきます。なんてカワイイ子なんでしょう♡

わたしは、来年、大学を受験します。今日は、母と一緒に梨木神社へ合格祈《き》願《がん》に行ってきたところでした。学業御守をいただいてきました。本当は、萩鈴も欲しかったけれど、お小遣いが少ないので我慢しました。

ところが、この子猫ちゃんの首に、なんと萩鈴が付いていて、もうびっくりしてしまいました。これはもう絶対、神様の思《おぼ》し召《め》し！

この子は、梨木神社の神様のお使いに違いありません。それが、わたしの大好きなピンクの色のリボンに付いているなんて、またまたチョーラッキーです。

もしも、元の飼い主さんがこの手紙を見られることがありましたら、どうぞ安心してくださいね。今日から、この子は、うちの家族の一員になりました。

K高校・桜子

「よかった〜」

と、朱音が最初に声を上げた。続けて、みんなが、

「よかった〜」

「よかったね」

と互いの顔を見合わせて笑った。三人の子どもたちを囲むようにして、みんなで肩を抱き合った。まるで、野球の試合でサラナラ勝ちした時のように。

気づくと、楓もその輪の中にいた。

楓は自分自身、子猫一匹のことで、なぜこんなにも嬉しくてたまらないのか不思議だった。

夢遊は、朱音の手を取って、

「うんうん、よかったなぁ」

と、飛び跳《は》ねている。

「ううん、夢遊さんと楓さんのおかげです。ありがとうございます」

と、朱音も喜びを抑えきれず、今にも踊り出しそうな雰囲気だ。そこには「のろ

ま」とは程遠い、溌剌《はつらつ》とした笑顔があった。

楓は、思った。これは夢遊が惚れるわけだ。

楓は、三人に気づかれぬよう、こっそりワゴン車の陰に隠れた。

「あれ？　もう一人のお姉ちゃんは？」

と、男の子が言った。

「ほんまや、楓姉ちゃんがいてへん」

夢遊がキョロキョロと辺りを見回している。楓は、それに気づき、さらにみんなから見つからないようにワゴン車の後部にしゃがんだ。

千成湯葉のご主人が、大声で言った。

「なんや、あそこに！」

と、ワゴン車の後ろを指さした。

「来たらあかん！」

楓は叫んだ。

「どないしたんや、気分でも悪いんか？」

と、夢遊が心配そうに言い、楓の方へと来た。

「来たらあかんて言うてるやろ!!」

男の子の一人が、車の後ろに回り込んで声を上げた。

「あっ、お姉ちゃん。泣いてる！」

「泣てなんかないわ」

そう言う瞳から、楓はあふれ出す涙を止めることができなかった。

夢遊が言う。

「なんや、お姉ちゃん泣いてるんか？　いつも、きついこと言うてるけど、ほんまは人情深いからなあ」

男の子が、手を打って囃し立てた。

「泣いてる、泣いてる！」

「泣いてへん、泣いてへん……泣いてないかないわ」

そう答えつつも、楓は自分を抑えることができなくなり、ついに声を上げた。

「あ〜、あ〜。よかったなぁ、よかったなぁニィちゃん」

楓は、恥ずかしさも忘れて、子どものように泣きじゃくった。

朱音が近づき、そっとハンカチを差し出した。

楓は、それを素直に受け取ると言った。

「おおきに、おおきに朱音ちゃん」

楓はふと、桔梗流の家訓が頭に浮かんだ。昨日も、もも吉に言われたものだ。

『人は信なり、人は仁なり』

「信」とは、誰をも何事をも信じる純真無垢《じゅんしんむく》な心のこと。心を信じ合い通わせてこそ、人の心は紡《つむ》がれる。「仁」とは、人を思いやる心。己の利など一切考えず、世の為、人の為に生きる心。そう、桔梗流は、人を大切にする流派なのだ。

まさしく、この朱音こそ、その家訓にふさわしい娘ではないかと。

第四話　深かりし　母の想いや山紅葉《もみじ》

もも吉は、睨《にら》まれていた。

ジロリ。

いや、ギョロリと。

動けない。

目の前に御座《おわ》すのは、不動明王像《ふどうみょうおうぞう》である。

醍醐寺《だいごじ》の霊宝館《れいほうかん》。

もうどれくらいここに立ち尽くしているか分からなかった。

もも吉は、今でこそ甘味処《かんみどころ》「もも吉庵」の女将《おかみ》として、花街《かがい》の人々に慕われて日々を送っている。それは「やさしいから」、というわけではないことを承知していた。

以前は、「おせっかい」が大嫌いだった。「粋《いき》」ではないからだ。だが、歳を重ねるにつれ、少しばかり考えが変わってきた。

思うことも口にせず、何も言わずに死んでしまうよりも、もしもそれが人のためになるのであれば、時には苦言《くげん》を呈することも大切なのではないかと思うようになったからだ。端《はな》は、恐る恐るだった。

「あんさん、間違《まちご》うてます」

と、ピシャリと相手を窘《たしな》めはしたものの、「ああ、ちびっときつう言い過ぎたやろか」と思ったこともある。ところが、あにはからんや、誰もが引き込まれるようにして、もも吉の話に耳を傾けてくれる。どうやら昨今、他人はもちろんのこと、肉親の間でさえも「厳しく言う」者が少なくなったからのようだ。

もも吉は、自分が「人の道を説《と》く」ような人間ではないことをよく知っていた。それどころか、誰よりも弱い。幾度も泣き明かし、くじけそうになった。今でも、ささいなことで思い悩むこともある。

そんな時、信心している不動明王に手を合わせに出掛けるのだった。

京都には、不動明王を安置するお寺が数多くある。東寺《とうじ》、青蓮院門跡《しょうれんいんもんぜき》、大覚寺《だいかくじ》、曼殊院《まんしゅいん》、三千院《さんぜんいん》、聖護院《しょうごいん》門跡……と数え切れぬほどだ。

不動明王は、いかにも恐ろしい形相《ぎょうそう》だ。右手に剣を立てて持ち、肩を怒らせ眼をカッと見開き、口元はへの字。近寄りがたいほど、来る者を睨みつける。なぜ、仏様なのに……という疑問が湧いて来る。それは大日如来《だいにちにょらい》の化身《けしん》だからだと聞いた。大日如来は、たいへん柔和《にゅうわ》なお顔だ。しかし、最も崇高《すうこう》な仏様の中の仏様ゆえに、民《たみ》は直接に拝むことが畏《おそ》れ多かった。そこで、大日如来の化身として不動明王を拝むようになったという。

「やさしいだけでは太刀打《たちう》ちできない」

そんな、この上ない苦しみを救済するのが不動明王なのだ。邪悪な心の者に厳しく当たり、誤った道を進まぬようにと正しい道へ誘《いざな》う。だからこそ、恐ろしい形相をしておられるという。もも吉は、心が折れそうになった時、何度、不動明王に救われたかしれないと思うのだった。

そしていつからか、もも吉も、時には慈しみの心で「鬼」のようにして人を諭《さと》そうと決めたのである。


もも吉は、醍醐寺を後にして地下鉄東西線に乗った。三条京阪《さんじょうけいはん》駅を上がったところで、ハッとした。醍醐寺名物の「力餅《ちからもち》」を買ってくるのを忘れてしまったのだ。あんこを包んだお餅にニッキがまぶしてあり、その香りが食欲をそそる。

四条通まで歩いて来て、南座の前で「十六五《とうろくご》」さんの看板が目に留まった。五色《ごしき》豆《まめ》で知られる名店だ。もも吉は、惹《ひ》かれるように立ち寄り、目に留まった白いんげんの甘納豆《いんげん》「斗六豆《とろくまめ》」を買い求め、笑みをこぼした。いい「企《たくら》み」を思いついたからだ。隠源がどんな顔をするか、楽しみになって店を出た。

急に、空が怪しくなってきた。風が、サーッと川端通《かわばたどおり》に吹き抜けて、柳が大きく揺れる。

「夕立ちが来そうや」

もも吉がそう独り言《ご》ちたところへ、西の方で遠雷《えんらい》が聞こえた。足早に、大和大路《やまとおおじ》を下がり、観光客の少ない路地を左へ右へと曲がり、急ぐ。もう少しで、「もも吉庵」というところで、「おやっ」と立ち止まった。

女性が、小路《こうじ》の曲がり角にポツンと立っている。

後ろ姿は四十歳くらいかと思ったが、振り向くと五十近くにも見えた。薄いブルーの半袖シャツにグレーのギャザースカート。遠目にも、ブランド物には見えなかった。そのまま様子を窺《うかが》っていると、数歩進んでは、また戻って来る。そして、また一軒の店の戸口をじっと見つめる。その視線の先は、「吉音屋《よしねや》」だ。祇園《ぎおん》で有名な仕出し専門の料理屋で、お茶屋のお座敷の料理を担っている。

女性の姿に、見覚えがあった。一度目は、ひと月ほど前。そして二度目はたしか先週辺りだったたか。やはり、同じところで見掛けた。これは、何か曰《いわ》くありげな……。

「吉音屋」の戸口の扉が開き、中から白い調理衣を来た少年が出て来た。手には、大きな岡持《おかも》ちを持っている。歳は十五、六。イガグリ頭なので、幼く見えるだけかもしれない。少年は、岡持ちを店の前に停《と》めてある自転車の荷台にくくり付けた。

そして、自転車に跨《また》がろうとした瞬間だった。女性が、突然、タタタッと駆けだした。

「拓《たく》ちゃん！」

絞《しぼ》るような細い声だった。二人の距離は五メートルほど。少年は、自転車に跨がったまま振り返る。女性と目が合ったように見えた。互いに金縛《かなしば》りにあったように動かない。何も言わない。まるでそこだけ、時が止まったかのように見えた。

数秒後、少年は何ごともなかったかのように自転車に乗り、女性とは反対の方向へとペダルを漕《こ》ぎだした。もう一度、女性が、

「拓ちゃん！」

と、呼んだ。今度は一度目よりもいくぶん大きな声だったが、少年が振り返ることはなかった。

もも吉は、少年の瞳を一瞬ながらも垣間見て、心臓が止まるかと思うほどドキリとした。それは不動明王のごとく怒りに満ちていたからだ。

女性は、その場に崩れ落ちる。いかにも、背中が悲しげだった。「拓ちゃん、拓ちゃん……」と言い、石畳に突っ伏して泣き出した。もも吉は、慌《あわ》てて駆け寄った。

「大丈夫どすか？」

何も答えない。そっと背中をさする。すると、小声で、

「すみません」

と答えた。ポツリポツリと、頰《ほお》に雨粒が当たった。

「あかん、降り出してしもうた。うちで雨宿りして行っておくれやす」

近くで見て、やはりと思った。顔色が良くない。夏バテだろうか、それとも……。

女性の身体《からだ》は、もも吉ですら軽々と抱きかかえられるのでは、と思えるほどに、やせ細っていた。


もも吉庵は、L字のカウンターに背もたれのない丸椅子《いす》が六つ。その向こう側の畳敷きで、もも吉がお客様を迎える。

女性を椅子に座らせ、急ぎ支度《したく》をして名物の「麩《ふ》もちぜんざい」を作った。心身の弱った者に冷たい食べ物は好ましくない。温かいぜんざいを供した。

「お疲れの様子やさかいに、まずは甘いもんでも食べて精付けなはれ」

「はい、ありがとうございます」

そう言い、匙《さじ》を取る。一口、二口と食べて少し頰の色が赤らんだような気がした。

「美味しいです」

そう言うものの、いくらか食べて匙を置く。清水焼《きよみずやき》の茶碗《ちゃわん》をのぞき込むと、半分ほど残っていた。麩もちはそのままだ。

「こちらこそ、押し付けてしもうてかんにんどすえ。うっとこは、メニューはこれしかないさかいに。お茶でもぶ淹《い》れまひょか」

「あ……はい」

女性は、お茶を一口すすって溜息をついた。もも吉は何も問わない。ただ時が流れた。表では、石畳を激しく打つ雨音が響いている。スルスルッと襖《ふすま》が開いて奥の間から、おジャコちゃんが現れて、もも吉の膝に座った。気品《きひん》あふれるメスのアメリカンショートヘアーだ。もも吉は、「よしよし」と喉元《のどもと》を撫《な》でてやる。

もも吉は、白いお襦袢《じゅばん》が透けて涼しげな紺の宮古《みやこ》上布《じょうふ》の着物をまとい、うすいピンクの夏つづれの帯に濃いピンクの帯締めをしている。帯のうしろには、丸の柄が薄化粧のように浮かび上がっている。

しばらくして女性は、我に返ったかのように店内をグルリと見回した。

「ここは、ぜんざい屋さん……ですか？　気を取り乱していて」

もも吉は、やさしく答える。

「ぜんざい屋か言われたら、そうどす、と答えることになりますなぁ」

「え⁉」

もも吉の、摑《つか》みどころのない返事に女性は不安げな表情を見せた。

「心配せんとくれやす。うちはここで、お茶屋の女将《おかみ》してたことがありますんや。お茶屋は知ってはりますな、舞妓《まいこ》・芸妓《げいこ》呼んでもてなすところや。それが何やうちも知らんけど、気ぃついたら甘味処《かんみどころ》に衣替えしてたんどす」

女性は、コクリと頷《うなず》いた。

「そやけど、ぜんざい食べてもらうのは口実なんや。心が疲れた時、気安う足向けてもろうて、愚痴《ぐち》言うてもらうための場所作りたかったんや。まあ、時には悩み事にアドバイスさせてもろうたりもしてなぁ」

「アドバイス……ですか」

「ちびっと、きついこと言わせてもらうこともありますけどなぁ。そうや、そうや申し遅れてかんにんどす。このもも吉庵の女将で、もも吉言います」

と、もも吉は改めて背筋を正して言った。

「あ、こちらこそ失礼しました」

女性は立ち上がり、お辞儀をして名乗った。

「私は、村上波留美《むらかみはるみ》と申します。……広島の福山《ふくやま》から参りました」

「それはまあ遠いところから」

「あのう……たいへん失礼なことと承知のうえですが、私の話を、聞いていただけますでしょうか」

「へえ、そのつもりでお連れしたんどす」

と、もも吉はにっこり微笑《ほほえ》んだ。それに釣られて、波留美も口元を緩《ゆる》ませた。

「あのう……どこからお話しすればいいのやら」

「ゆるゆるなぁ」

「はい。先ほどはお恥ずかしいところをお見せしてしまいました。自転車に乗っておりましたのは、私の息子です。あの店……吉音屋さんで板前の修業をさせてもらっております」

「息子さんどしたか。追い回しの拓也君、なかなか気張《きば》ってはりますえ」

「追い回し」とは、板場《いたば》の一番下っ端《ぱ》。調理ではなく、もっぱら掃除や洗い物などの雑用をするのが仕事で、常に追い回されることからそう呼ばれるようになった。料理人の修業で、誰もがまず乗り越えなければならない最初の壁である。

「え？　なんで拓也のこと……」

「ここは祇園や。花街のもんは昔から一つの家族みたいなもんどしてなぁ。みんな支え合って暮らしてます。余所《よそ》から新しい人が来られたら、すぐに人の口にのぼります。そやさかいに、何とのうやけど拓也君のこと見知ってます」

「そうですか、拓也のこと、ご存じでしたか……訳あって、あの子とは長く別々に暮らしておりました。拓也に会うために、何度もお店に電話しました。ところが……」

「上の人が取り次いでくれへんのどすか？　親方はよう知ってますけど、イケズするようなお人やあらへんはずやのになぁ」

「いいえ、そうではないんです。拓也が、出ないんです」

「お母さんと話をしたくない……いうことやね」

ついさっき、目の前の母親を置いて自転車で行ってしまった光景が目に浮かんだ。

「親方さんには、『拓也君は話したくないと言っています。少し様子見てまた掛けてください』と気遣っていただいてます。お店を訪ねたいところなんですが、仕事の邪魔になってはいけません。それで、拓也が戸口から顔を出さないかと、待ち伏せしていたわけです。今日でもう五、六回目になりますでしょうか」

「え⁉　そないになんべんも広島からいらしたんどすか？」

ここで、波留美の言葉が途切れた。また黙り込んでしまった。壁の一輪挿《ざ》しのサルスベリの花をじっと見つめている。表の雨足も少し弱くなったようだ。

もも吉は、頃合いを見計《みはか》らい波留美に話し掛けた。

「なんや、あんたさんのご家庭にはよほど深いご事情がおありのようですなぁ。どうでっしゃろ。もしよろしかったら、聞かせてもらえへんやろか？」

「はい……お願いいいたします」

「へえ」

「あの子は……拓也は、私のことを恨《うら》んでいるんです」

「恨むやて？」

波留美は、胸の内に溜まった重いものを、一気に吐《は》き出すようにしゃべった……。


……小一時間ほどが経っただろうか。

もも吉の膝の上で、おジャコちゃんがピクリとも動かず眠っている。話は、終わった。もも吉がなに一つ尋《たず》ねずとも、問わず語りにすべてを話してくれた。身内の恥になるようなことを、初対面《しょたいめん》の者に話すのは辛《つら》かったに違いない。しかし、それを心の裡《うち》に仕舞いこんでいられぬほど、苦しんでいたのだろう。

もも吉は、珍しく溜息をついた。

「それは難儀なことどすなぁ」

「……はい」

波留美は、小さく頷く。

「どないしたことかいなぁ」

もも吉は、頬に手を当てて宙を見つめた。

「申し訳ありません。見ず知らずの方に、こんな話を聞かせてしまって。もういいんです。諦《あきら》めます。今日が、拓也と会う最後になるかもしれませんが……」

そう言うと、波留美の瞳が赤らんで来た。

「こうしまひょ」

「え？」

「気の毒やけど、今すぐにどうこうして差し上げられるものやありまへん。そやけど、あんたさんの気持ち、胸が痛《いと》うなるほどわかりました。少しばかり時間がかかるかもしれへんけど、このお話、うちに任せて預《あず》からせてもらえへんやろか？」

「預かるって……？」

波留美は、どう返事をしていいのかわからない様子だ。

「悪いようにはせぇしまへん。とにかく、時間をおくれやす」

もも吉は、波留美と連絡先を交わした。表に出ると。すっかり雨は上がり西の空が薄い紅色に暮れ掛けていた。

「心がしんどうなったら、いつでも、麩もちぜんざい食べに来ておくれやす」

「はい、ありがとうございます」

「ところで……波留美さん。あんたどこぞお身体がようないんと違いますか？」

「……」

返事をせずに立ち去る波留美の背中は、はかなげで今にも消えそうに見えた。

立秋《りっしゅう》を過ぎたが、セミは甲高《かんだか》く鳴いている。

もうすぐ盆休みという、いつもにも増して忙しいある日のことだった。拓也は、親方のお使いで祇園東のお茶屋へ行った。先輩が自転車を使って出て行ってしまったので、徒歩で出掛けた。その帰り道、観光客の波を避け裏道を選んで足早に歩く。細い小路を抜け、小さな鳥居《とりい》の前を通り過ぎようとした時だった。

「う、う……」

と、かすかな泣き声が聞こえた。拓也は、お社《やしろ》の方を向いて、立ち止まった。有《う》楽稲荷大明神《らくいなりだいみょうじん》は、織田信長《おだのぶなが》の末弟の織田長益《ながます》、別名・有楽斎を祀《まつ》る小さな小さな神社だ。有楽斎は利休《りきゅう》の十哲《じってつ》に数えられ、茶人として有名なことから花街では「芸事精進《しょうじん》」の信仰を集めている。見れば、普段着の着物を来た女の子だった。お稲荷さんに向かって、頭《こうべ》を垂れて肩を小刻みに震わせている。

「あっ」

と、拓也は声を漏らした。その後ろ姿に見覚えがある。屋形「浜ふく」のところの「仕込みさん」だ。何度か、お茶屋へ料理を運んだ際に、見掛けたことがある。「仕込みさん」とは、舞妓になるための修業中の娘《こ》のことをいう。芸事の他、行儀作法、花街での習わしを仕込まれることから、その呼び名がついた。

拓也が、「追い回し」と呼ばれるのと似ていると思った。それだけに、「仕込みさん」の娘たちには、日頃から何やら親近感のようなものを感じていた。

「どないしたんや?」

と、声を掛けた。

拓也は、広島出身だ。しかし京都、それも花街で修業をするには京言葉を使った方がスムーズにゆくことが多い。舞妓さんも、多くは地方から来た娘で、最初に習うのは京言葉だという。それも、舞妓になるおおよそ一年ばかりのうちにマスターしなくてはならない。それなら自分も……と拓也も覚え始めたが、なかなか身に付かなくて困っていた。

女の子が振り向いた。目を腫《は》らして、頬に涙が伝っている。声を掛けはしたものの、次の言葉が出てこない。駆け寄るようにして近づき、首に掛けていた手拭《てぬぐ》いを渡した。が、拓也は、「しまった」と思った。汗で汚れていたからだ。それにかまわず、女の子は、スッとそれを受け取り、涙を拭った。

ドキッ、とした。なんて可愛いのだろう。拓也は、この子が舞妓さんになる姿を想像した。女の子は、襟元からメモ帖とボールペンを取り出した。

「な、なんや？　どないしたん？」

そのメモ帖に何やら書いているる。不思議に思っているとメモ帖をこちらに見せた。


うち、声が出なくなってしまって言葉が話せません。

これ、おおきに。


手にしていた手拭いを差し出す。

「そうか、夏風邪《かぜ》で喉を傷めたんやな。泣いてはったけど、大丈夫か？」

拓也は口にしてから、ハッとした。普段なら、こんなことを尋ねたりはしない。声が出ないことに同情したからかもしれない。女の子は、またペンを走らせた。


ついこの前、声が出んようになってしまったんです。お礼もきちんと言えず、かんにんしてください。

「え⁉　それって、風邪とかじゃなくて？」

「う〜」

と、絞るような声を出して頷く。

「あかんあかん……無理したらあかん」

拓也は、自分と似ていると思った。拓也も、幼い頃からハンデを負い生きて来た。左の耳が聞こえないのだ。そのことで、小学生の頃はよくイジメられていた。

先生が、「この問題わかる人？」と教室のみんなに問い掛ける。みんなハイッ、ハイッ！　と手を上げる中、うつむく拓也に、先生が声を掛ける。

「拓也君はどうなん？」

すると、どこからともなく声が上がる。

「手ぇ上げやぁ〜、あっそうか、先生の声聞こえんけえのぉ」

みんなが笑った。先生が、その子を叱れば叱るほど放課後にイジメられた。

学校に通っているうちは、まだよかった。いっそう辛くなったのは、追い回しの仕事に就《つ》いてからだ。先輩から、

「おい、これ洗っとけ！」

と、指示される。ところが、板場というのは、煮炊《にた》きや包丁などの調理の音が常に響いている。そんな中、左側から言われると、拓也には聞きとりにくいのだ。

「へい」

と、返事がないと怒られる。それならまだいい。指示されたことを知らないまま時間が過ぎ、汚れた鍋がそのままにでもなっていたら……。

拓也は、母親を責めた。

「なんでこんなふうに生んだんだ！　責任取れ‼」

母親は、ただ、「ごめん」と言い泣いた。でも、拓也は許せなかった。

女の子は、ずっとペンを走らせていた。何やら、長い文になっているようだ。そして、メモ帖をこちらへと差し出した。

　この前の台風の時、お使いの帰り道に四条大橋を渡っていて、鴨川《かもがわ》にあふれそうな水を見たら、急に目眩《めまい》がしたんです。そのまま倒れてしまって、気が付いたら病院で寝ていました。その時からなぜか声が出なくなってしまったんです。

拓也は、どう答えたらいいのかわからなかった。たしか、テレビで見たことがあった。大きな精神的なショックを受けたことで、声が出なくなるという話だった。でも、あれはドラマだ。現実に、そんなことがあるなんて……。

「それで、泣いてたんか？」

横に首を振りまたペンを取った。それは、拓也が想像するよりも、辛い話だった。

もうすぐ、舞妓になれることが決まったんです。いろいろな事情があって、二年もかかってしまいました。でも、その矢先に声が出なくなってしまって。

拓也も、ときおり花街の噂《うわさ》を耳にする。「どこそこの仕込みさん、故郷《ふるさと》が恋しくて帰ってしまわはった」とか、「舞が上達せーへんで泣いてた思うたら、いつの間にかいのうなってしもうた」とか。多くの仕込みさんは、途中で挫折《ざせつ》して舞妓になるのを諦めてしまうらしい。

舞妓になるのに、人より一年も長くかかったということは、よほどのことがあったに違いない。

「実は、僕もこっちの耳が聞こえへんのや」

左側の耳を指さす。

「そうやそうや、忘れてた。僕は拓也いうんや」

女の子は、またペンを取って書く。

奈々江《ななえ》といいます。

「奈々江ちゃんか〜、ええ名前やなぁ。また会いたいなぁ」
するると、奈々江もコクリと頷いた。

その後、拓也はお使いや配達に出るたび、わざと遠回りしてでも有楽稲荷のある小路を通った。「奈々江ちゃんにまた会えますように」と祈りながら。そのうち、奈々江の一日の生活パターンがわかってきた。祇園女子妓芸学校の帰り道に、有楽稲荷さんに立ち寄って手を合わせることが習慣になっているらしい。なかなか、それに時間を合わせることは難しかったが、それでも時々、拓也は、「あっ、また会ったね」と、あたかも偶然を装《よそお》って奈々江に会うことができた。
その確率はかなり低かった。仮に会えたとしても、すぐに帰らなくてはならない。それを承知していても、ついつい長話になってしまう。なかなか、「じゃあ、また」と言い出せない。

叱られるからもう行きます。

と書いて見せるのは、いつも奈々江の方だった。拓也は、「奈々江は自分のことをどう思っているんだろう」と、考えるだけで、胸がときめいて仕方がなかった。

そんなある日のことだった。

好きなお菓子の話になった。

お互いに、仕事場で頂き物の京菓子を口にすることがある。奈々江が、

この前、浜ふくのお母さんにもらって蕎麦《そば》ほうる食べました。美味《おい》しかった。


と書いたので、拓也も嬉《うれ》しくなって答えた。

「ああ、僕も食べたことある。いくつでも食べられてしまうわ」

蕎麦ほうるは、「総本家河道屋《かわみちや》」のお菓子で、飽きのこない素朴な味わいだ。

二人して、甘味《あまみ》談義に夢中になっていると、後ろから声がした。

「あんたら、何してるんや」

拓也がビクッとして振り返ると、タクシーの女性ドライバーさんだった。

「奈々江ちゃん、その子誰や？」

女性は、奈々江のことを知っているらしい。奈々江は、何か言おうとして、口を

パクパクさせている。拓也は、何か言わなければ……と思うのだが、気が動転《どうてん》していて変な返事をしてしまった。

「ぼ、僕ら、なんでもないです」

「どういうことや？　なんでもないて」

言ってから、「しまった」と思った。別にやましいことは何もない。奈々江に好意を抱いているのは確かだが、ここでただオシャベリをしていただけなのだ。拓也は、「失礼します」と言い、その場から去ればよかったと後悔した。

奈々江が、慌ててメモ帖に書く。


友達とおしゃべりしてました。


女の人は、それを見て拓也の顔をじいっと見つめた。

「どこかで見た顔や思うたら、『吉音屋』さんとこの子やないの。こんなところで油売ってたら、親方に叱られますえ。早よ行きなはれ」

拓也は、奈々江の方を振り向きもせず、逃げるようにして鳥居をくぐって駆けた。

「もう、会えなくなるかもしれない」

そう思うと悲しくて仕方がなかった。

それから数日後の日曜日のこと。拓也は朝食を食べ終わると、親方に呼び出された。また何か、失敗をやらかしたのだろうか。恐る恐る、親方の部屋へ向かう。

「今日は、何か用事があるんか？」

「いえ……別に」

「今から、もも吉庵さんまで行ってくれへんか」

拓也は、叱られるものだとばかり思っていたのでホッとして身体の力が抜けた。

「お使いですか」

「まあ、そんなとこや。行けばわかるさかいに。今すぐな」

拓也は親方のお使いで、二度ほど、もも吉庵を訪ねたことがある。玄関が小路に面した格子戸から奥まったところにあり、どうも入りにくくて苦手《にがて》だった。

格子戸を開けて中へと進む。飛び石の上をピョンピョンと跳ねるようにして歩く。

「ごめんください。吉音屋のもんです」

と大声で言うと、中からすぐに「どうぞお入りやす」と声がした。靴を脱ぎ、上がり框《かまち》を上がって襖を開け奥へと入ると……。

「ようおこしやす。拓也君やったね」

もも吉お母さんが、拓也に微笑んだ。店内は、カウンターに丸椅子が六つ。そこには、客がすでに何人も座っていた。

「!?」

「なにしてますのや、さあさあ、早《は》よそこ座りなはれ」

もも吉に促《うなが》された席の横には、奈々江が座っていてびっくりした。それだけではない。この前、拓也たちをとがめた、キレイな女の運転手さんもいる。そして、奥の方の席にはお坊さんが二人……。拓也は、おろおろしながらも、言われるままに椅子に座った。奈々江が拓也をチラリと見た。もも吉が、拓也の真ん前に来て座り直した。カウンターの向こう側は畳敷きで、拓也の目の高さと同じになる。

「美都子から聞きましたえ」

「……」

拓也は、首を引っ込めるようにして、美都子をはじめ他の人たちの顔を見回した。みんな不思議なことに、ニヤニヤしている。歳を取ったお坊さんが口を開いた。

「あんたら、逢引《あいび》きしてたんやてな」

「あ、逢引きって?」

拓也が首を傾《かし》げると、もも吉が言う。

「隠源さん、いつの時代の言葉や。デートやろ、デート」

拓也は、慌てて打ち消すように言う。

「デ、デートだなんて。ただおしゃべりしてただけです」

もも吉が、拓也と奈々江に尋ねる。

「あんたら、付き合《お》うてるんか?」

奈々江を見ると、頬がうっすらと紅《あか》らんでいる。拓也が言葉に詰まっていると、運転手の女の人に尋ねられた。今日は、タクシーの制服ではなく白いブラウス姿だ。

「付き合うてるか、そうでないかは関係あらしまへん。それより、大事なんはここは祇園やいうことや。ええか、あんた。奈々江ちゃんは、もうすぐお店出《みせだ》しするんや。舞妓になるんや。そんな大事な時に、仕出し屋の追い回しとの色恋沙汰《いろこいざた》が噂《うわさ》にでもなったら、どないなことになると思う?」

「は、はい。申し訳ありません」

拓也は、そう答えるのが精一杯だった。

「美都子《みつこ》、あんた言い方がきついで」

と、もも吉が口をはさんだ。運転手の女の人は、美都子というらしい。

「お母さん、これでもやさしゅう言うてるつもりなんやけどなぁ」

「それでかいな……まあええ。それで拓也君、あんた奈々江ちゃんのこと、どないに思うてはるんや。好きなんか？」

拓也はびっくりしてしまった。あまりにもストレートで、またまた答えに窮《きゅう》した。奈々江は、顔を両手で覆《おお》いうつむいてしまった。隠源が、ひやかすように言う。

「ええなー若いもんは。羨ましい。わても恋がしてみたいなあ」

すると、若いお坊さんが呆《あき》れ顔で言う。

「おやじ、坊主がその歳で何言うてるんや」

「何言うてるんや隠善《いんぜん》。人間、一生青春やで」

美都子が「まあまあ」と、間に入った。

「うちも、隠源さんたちも、それからお母さんも、ここにいる全員が独身や。恋はどんどんしたらええんやないの？　ねえ、拓也君」

拓也は、もうどう答えていいのかわからなかった。

もも吉が、急に顔つきをこわばらせて拓也に言う。

「恋はせなあかん。かといってなぁ、ここは祇園や。堂々とするわけにもいかしまへん。ええどすか？　これから奈々江ちゃんは、舞妓になるんや。もしもや、『今度、舞妓になったあの娘《こ》、男の子と付き合うとるらしい』なんて噂が立ったら、どないする？　奈々江ちゃんだけやない、あんたも修業の身ぃや。困るんと違いますか？」

「その通りです、軽率《けいそつ》でした」

「美都子、なかなか素直なええ子やないか」

そう言うもも吉に、美都子も、

「そうなんや、可愛いぼんやろ。よう見ると二枚目やし、うちの好みや」

「な、なに言うてるんや！　美都子姉ちゃん」

「冗談やで、隠善さん」

と、美都子が笑った。

隠源がポツリと言った。

「そやけど、二人の恋路《こいじ》を裂《さ》くようなことしてはあかん。祇園も今は自由恋愛や」

「じ、じ、自由恋愛やて？　じいさん、いったいいつの話や古臭い」

もも吉はそう言い、拓也と奈々江をじっと見つめた。

「ええどすか。これからは、二人きりで会うことは許しまへん」

拓也は、やっぱりかと思った。

「その代わり、ここで会いなはれ」

拓也はキョトンとして、奈々江と顔を見合わせた。

「毎週いうわけにはいかしまへんけど、こちらの都合《つごう》のええ日時を、うちから吉音屋の親方と、浜ふくの女将さんとこへ連絡させてもらいます。ここでデートしたらよろし。その代わり、娘の美都子、それに隠源さん、隠善さんにも同席してもらいます。それなら誰の口の端《は》にのぼることもあらしまへん」

「お、おおきに、もも吉お母さん」

と、拓也は突然の展開に戸惑いつつも、もも吉に頭を下げた。奈々江も、急いでペンを手にメモ帖に書く。

お母さん、おおきに。

「そやけど、月に一度か二度しか会われへんとなると、よけいに恋しゅうなると思う。そこで、これや！」

と、もも吉は二人の前に大学ノートをポンッと差し出した。

「交換日記や」

隠源がはしゃぐように言う。

「交換日記やて〜懐《なつ》かしい。ここしばらく聞いたことないで。そやけど、わてらが子どもの頃には、誰でも一度はやったことがあるんと違うやろか」

もも吉が話を続ける。

「拓也君はスマホ持ってるやろうけど、奈々江ちゃんは持ってへん。そやさかい、これでやりとりするんや。最初は、このノートを拓也君に預けるさかい、奈々江ちゃんに伝えたいこととか書いたらよろし。そないしたら、うちに持って来るんや。ノートが届いたら……そうやなぁ、季節の花を活《い》けた一輪挿しを玄関の脇に掛けとくさかいにそれがサインや。奈々江ちゃんは技芸学校の帰りにでも取りに来たらええ。もちろん、うちは中身は読んだりはせーへん。無粋なんは一番好かんさかいになぁ」

隠源は、まるで自分のことのように喜んだ。

「さすがもも吉や、粋なことするなぁ。わても応援させてもらうわ」

もも吉は、すかさず言った。

「そないしたら、二人のぜんざいの代金は、あんたに払《はろ》うてもらいまひょか」

「な、なんやて！　そんな殺生《せっしょう》な〜」

と、言いつつも隠源は嬉しそうだ。店内に笑いの渦が起きた。

三月《みつき》ほどが過ぎた。

その間、拓也は日曜日に何度か、もも吉庵で奈々江と会った。初めの約束の通り、二人きりではない。建仁寺塔頭《けんにんじたっちゅう》の一つ満福院《まんぷくいん》の隠源住職と隠善副住職も一緒だった。タクシードライバーをしているという美都子お姉さんは、仕事があっても途中で駆けつけてくれた。それは、「監視」とか「立ち合い」などという堅苦しいものではなかった。一緒にぜんざいを食べ、みんなでおしゃべりをする。祇園に来て、今までで一番に楽しい時間を過ごすことができた。

季節は、いつしか美山《みやま》から紅葉の便りを聞く頃になっていた。拓也は、今日もウキウキして、もも吉庵にやって来た。もう、いつもの顔ぶれが揃っている。L字型のカウンターの一番奥には、隠源と隠善。美都子は、仕事がお休みなのか私服だ。グレーのハイネックセーターに、カシミヤのカーディガンを羽織《はお》っている。奈々江ももちろんいる。

拓也の顔を見るなり隠源さんが、

「おお、遅いやないかぁ、お待ちかねやぞ」

と、手を上げてくれた。出掛けに、先輩から急に、「缶コーヒー買って来てくれ」と命じられたので、遅くなってしまったのだ。おジャコちゃんが、角の丸椅子からピョンと飛びおりて、ススーッと拓也の足元にやって来た。

「ミャア〜ウ」

「おジャコちゃんは、拓也君が好きなのね。も〜う、女の子にモテモテなんだから」

と、美都子に冷やかされた。

「鰹節《かつおぶし》を削るんが仕事やから、匂いが身体に沁《し》みついてるんや思います。はい、おジャコちゃん。おやつ持って来たでぇ」

と、ポケットからビニール袋を取り出し、鰹節を取り出す。いかにもやわらかい、薄く薄く削った一級品の鰹節だ。親方の許しを得て、ほんの二摘《つま》みほどもらって来たのだ。拓也がしゃがんでおジャコちゃんの口元に差し出すと、

「ミャア〜」

と上機嫌にひと鳴きして食べた。

「さあ、早《は》よここ座りなはれ。奈々江ちゃんもお待ちかねや」

と、美都子が促す。そう言われて、拓也は頰が少しポッとなった。

「こんにちは、奈々江ちゃん」

奈々江は、微笑んでコクッと頷いた。

「さあさあ、これでみんな揃ったで。ばあさん、ぜんざい早よ出してぇな」

「誰がばあさんやて、じいさん。あんただけ、なしや」

「そ、そんな殺生な」

もも吉と隠源のこんな掛け合いも毎度のことだ。よくこんな言葉を耳にする。

「花街は一つの家族だ」

拓也は、もも吉庵のみんなとこの空間に一緒にいられることが幸せに思えて仕方がなかった。日々仕事の最中だけでなく、お休みの日でさえも、いつ先輩たちに用事を言い付けられるかわからない。ずっと緊張続きで、神経の休まる時がない。それだけに、まるで「家族」のようなこの雰囲気が、たまらなく好きなのだ。

「奈々江ちゃん、今週はどうやった？」

と、拓也が尋ねる。奈々江は、ついこの前、念願の舞妓になった。お座敷での名前は、「もも奈《な》」という。でも、いまだに、みんなは「奈々江ちゃん」と呼んでいる。けっして、舞妓として駆け出しだからというわけではなく、ずっとそう呼んでいたから親しみが湧くようだ。奈々江が、スケッチブックにペンで書く。病院には通っているが、まだ声が出ない。

> ものすごく忙しかったよ。
> でも、お座敷でお客様に舞を見ていただくのがうれしい。

以前はメモ帖に書いていたが、お座敷のように何人もの人と会う時には見てもらいやすいようにとスケッチブックを持って出掛けるようにしているのだ。みんなが、それをのぞき込む。

「よかったよかった」

と、隠源が目を潤ませて言う。苦労して舞妓になれたことを、まるで本当の父親、いや祖父（?）のように喜んでいるのだ。

「さあさあ、できましたでぇ」

と、もも吉が運んで来たお盆から、隠源が横から手を出して茶碗を一つ取った。

「な、なんや、じいさん」

「もう待ちきれへんのや」

そう言い、匙で一口頬張る。そして二口目に……。

「あっ！　なんやこれは」

と言い、匙の上に大きなお豆を載せてみんなに見せる。

もも吉が、答える。

「前から思うてましたんや。ぜんざいの小豆《あずき》の粒て小さいでっしゃろ。もしも大きかったらどないやろうて。それで、麩もちぜんざいが半分ほど煮える頃見計らって、『十六五』さんの甘納豆をいくつか沈めてみましたんや」

隠源は、もも吉の説明も聞かぬうちに口へと匙を運んだ。

「白いんげんの甘納豆やな。なんや、甘いもんの中に甘いもんが入ってて贅沢《ぜいたく》の極みや。ああ〜甘納豆煮ると、こないにトロトロになるんかいな！　ええで、ばあさん」

　それを聞いて、みんなも匙を取った。スケッチブックに、奈々江が、

　幸せの味がします。


と書いた。それを見て、みんなが頷いた。隠源が、拓也に尋ねる。

「拓也君は、お父さん、お母さんはどないしとるんや？　たしか広島の福山やったなぁ。お元気なんか？」

　もも吉が、それを聞いて首を左右に小さく振った。

「なんやわし、悪いこと聞いてしもうたんやろうか」

　拓也は、それに答えた。

「ええんです。みなさんにも……奈々江ちゃんにもきちんと話しておかなあかんと思うてました」

　隠善が、気を遣ってくれる。

「おやじがご両親のこと聞いたけど、別に無理に言わんでもええんやで。人には言

いたくない話、聞かれたくないことはあるもんや」

「いいえ、ぜひ聞いてください」

拓也は、いい機会だと思った。奈々江との交換日記に書こうと何度も考えた。一度は、書き始めて止めた。それよりも、楽しいやりとりがしたかった。でも、奈々江との心の距離をもっと縮めるためには、いつか話す必要がある。お世話になっている、もも吉庵のみなさんに対しても同じだ。椅子に背筋を伸ばして座り直した。隣では、奈々江がじっと拓也の顔を見つめていた。

「僕は、父親のこと、よう知らんのです。それで、母親はおることはおるけど……」

みんな真剣な顔つきで、静かに拓也の話に聞き入った。


拓也には、ほとんど父親の記憶がなかった。

母親の話では、家を出ていったまま、今も行方不明だという。幼稚園の年少さんの頃だったと思う。父親と母親の三人で、動物園に行った時のことだ。迷子になって、園の事務所で泣いていたら両親が引き取りに来てくれた。その時、父親に肩車をしてもらいソフトクリームを食べた。はっきりと覚えているのは、それ一つきり。

父親と母親は、仲が良くなかったのかもしれない。父親が大きな声を出し母が泣いている場面が、霞《かすみ》のかかったような記憶の中にある。

気が付くと、拓也は広島市内の児童養護施設にいた。

母親は身体が弱く、なかなか定職に就《つ》くことができないので、拓也を育てることができないからだと聞かされていた。それでも母親は、ひんぱんに会いに来てくれた。小学校の低学年の頃は、月に一度は必ず。小学三年生、そして五年生の時に、施設を代わった。友達と別れるのは嫌だったが、イジメっ子もいたので、それほど苦にはならなかった。

高学年になると、だんだんと母親が顔を見せる回数が減った。それでも、

「きっと、二人で暮らせるようにするからね」

と、会うたびに泣きながら言ってくれた。だがその日が、なかなか訪れないいま、中学生になった。その頃になると、四、五か月に一度しか面会に来なくなった。それでも母親は、手作りのお弁当とたくさんのお菓子を持って来てくれた。以前と変わらぬ笑顔で、まるでこちらがずっと幼稚園児のままだと思い込んでいるかのように、頭を撫で撫でして、「いい子だから、淋《さび》しいだろうけど辛抱《しんぼう》してね」と言った。

でも、拓也は、少しずつ母親の言うことを信じなくなっていた。本当に愛してくれているなら、引き取りに来てくれるはずなのだから。

あれは、中学三年の秋のことだった。

久しぶりに会いに来てくれた母親は、いつもよりも明るい表情をしていた。

「あのね、拓ちゃん。ようやく一緒に暮らせるようになったの。中学卒業したら、古くて汚いアパートだけど、準備しておくからね」

もう飛び上がらんばかりに、喜んだ。母親が帰ると、嬉しくて嬉しくて、施設の友達にしゃべって回った。

ところが……。年が明けても連絡はなかった。三月には工業高校に合格し、母親のお弁当を持って通えることを楽しみにしていた。「きっと中学の卒業式には迎えに来てくれるのだ」と期待していたが……裏切られた。そして、高校に通い出してからも何の知らせもなかった。施設のみんなから、言われた。

「捨てられたんだよ、いい気味だ」

と。羨ましがらせてしまったことが妬《ねた》みとなり、それはイジメとなって返って来た。

拓也は、母親を恨んだ。憎んだ。一日、一日、その恨みと憎しみは膨らんでいった。施設の園長に頼んだ。「高校を辞めて働きたい」と。勉強が苦手なので高校を卒業しても、どうせたいした人間にはなれない。その前に単位が足りなくて、落第したり、退学になるかもしれない。自分は、一人で生きていくのだ。誰も頼らない。そのためには手に職を付けなければいけない。

園長は、「高校は出ておけ」と言ったが、あまりにも拓也の決意の固いことに心を動かされたのか、就職先を探してくれた。それが、仕出しの「吉音屋」だった。名のある老舗《しにせ》だけに修業は厳しいという。面接の際、親方に「覚悟はあるか」と言われ、「はい」と即答した。

その時も、頭にあったのは、自分を捨てた母親への恨みと憎しみだった。たしかに修業は辛かった。それでも挫《くじ》けなかったのは、その恨みと憎しみがエネルギーになっていたと言っても過言ではない。

就職して一年ほどが経ったある日、母親から店に電話があった。絶対に出ないと決めた。親方には、「おふくろさんと、何があったか知らんが親は親だ。意地を張らずに電話くらい出たらどうだ」と言われた。それでも、「すんません」と頭を下げ、電話の取り次ぎも断ってもらった。

ついには、少し前、母親が店までやって来た。嬉しかった。でも「捨てられた」という憎しみの方が、それを遥《はる》かに上回った。拓也は母親を許すことができない。母親を無視することが、何よりの仕返しだと思った。だから一言も言葉を交わさず、逃げるようにして配達に出掛けた。

「そやから、僕を不幸にした母さんのことは、絶対に許さへんのです」

拓也は、ここまでの話を終え、膝の上でギュッと握っていた拳《こぶし》を緩《ゆる》めた。知らぬ間に、力が入っていたらしい。隠源がぽつりと言った。

「諸行無常《しょぎょうむじょう》やなあ。よう耐えて来はった」

奈々江は、瞳が赤らんでいる。拓也は、吐き出すように言った。

「親なんていらん。母さんなんておらんでもええ。どうせ不幸な星の下に生まれたんや。僕は最初から親なんかおらんもんと思って生きて行く」

その時だった。じっと目を閉じて聞いていたもも吉が、一つ溜息をついたかと思うと、裾の乱れを整えて座り直す。普段から姿勢がいいのに、いっそう背筋がスーッと伸びた。帯から扇を抜いたかと思うと、小膝をポンッと打った。ほんの小さな動作だったが、まるで歌舞伎《かぶき》役者が見得《みえ》を切るように見えた。

「あんた、間違《まちご》うてます」

「え⁉」

拓也は、もも吉を見た。いかにも厳しい眼をしていた。同情してほしいと思ったわけではない。でも、やさしい言葉を掛けてくれるものと期待していた。

「憎むのはええ、恨むのも勝手や。そやけど、どないにひどい仕打ち受けても、お母さんがおらへんかったら、あんたは今ここにおらへんのやで。それになあ、お母さんに捨てられたと思うたおかげで、手に職を付けようと決心でけたんやないか。

同い年の普通の子に、とても吉音屋さんでの修業は務《つと》まらへん。三日で逃げだした子、うちは何人も見て来たさかいになぁ」

拓也は、その通りだと思った。でも、それは他人の言い分だ。もも吉が、どれほど人生経験を積んだ偉い人かは知らないが、この辛い気持ちがわかるはずはない。

拓也はそう心の中で、叫んでいた。もも吉は、さらに畳み掛けるように言った。

「あんた、何甘えてはるんや。そんなお母さんでも、憎む人がおるだけ幸せやないか」

「え⁉　……ぼ、僕が甘えてる？」

拓也は腹が立った。甘えるどころか、こんなにも毎日頑張っているではないか。どんなに辛くても、弱音を吐いたことは一度もない。

「そんなこと言うたら、この奈々江ちゃんはどないするんや！」

「奈々江ちゃん……？」

拓也が奈々江の顔を見つめると、瞳が悲しげだった。もも吉が奈々江に尋ねる。

「奈々江ちゃん、あんた今、幸せか？」

奈々江はペンを取り、手にしていたスケッチブックの新しいページを開いて書いた。

はい、幸せです。


「拓也君に、あんたの話、させてもろうてもええか？」

奈々江は頷いた後、拓也の方を向く。陰《かげ》りのある瞳が拓也を見つめていた。

「この祇園に奈々江ちゃんが来たんは、二年余り前のことや。あんたが修業に入ったんと同じ頃やなぁ。なんで、この娘《こ》が舞妓になろうて決めたか聞いてはるか？」

「い、いいえ」

「ある日いっぺんに、身寄りが無《の》うなってしもうたんや」

「え⁉　……いっぺんにって？」

拓也が尋ねると、奈々江は、

「う〜」

と、声にならない声で小さく頷いた。

「あんたが小さい時、東北で大きな地震があったこと知ってはるな」

「はい」

「大きな波が奈々江ちゃんの住んでた町を襲ってな。お父さんもお母さんも……妹さんも、近しい肉親はみんなさらわれてしもうて、唯一《ゆいいつ》生き残ったんは母方のお爺《じい》ちゃんだけやったそうや」

「なんで……」

拓也は、「なんで、僕に話してくれなかったんだ」と口にしようとして、思い留まった。なぜなら、過去を語らなかったのは、拓也も同じだったからだ。

もも吉の話は続いた。

「そのお爺ちゃんも、喘息《ぜんそく》の持病があって入退院を繰り返してはったんやけど……この五月のことや。肺炎をこじらせてとうとう……」

拓也は、ショックで動けなくなってしまった。恐る恐る奈々江の顔を見た。すると、奈々江の頰に一筋の涙が流れた。

「か、かんにんな、奈々江ちゃん。僕、知らへんくて……」

誰も、何も言わない。拓也は、奈々江に何かやさしい言葉でも掛けなければと思ったが、何を口にしても薄っぺらな慰《なぐさ》めになりそうで怖かった。もも吉は、先ほどの厳しい口調とは打って代わって、穏やかに拓也に話し掛けた。

「ええか、拓也君。憎むのも恨むのもわかる。『産んでくれておおきに』いう気持ちは忘れてはあかんで。お母さんさえもおらへんのやで。そやけど奈々江ちゃんは、お母さんにもそれになぁ、お母さんにも、あんたの知らん事情があったんかもしれへん」

拓也は、返す言葉もなく黙り込んだ。その代わり、心の中で呟《つぶや》いた。

（何がわかると言うんだ！　学校で、「施設の子」というだけで、イジメられ、何度死のうと思ったかわからない。そんなことも知らないくせに……）

拓也は、どうしようもない憤《いきどお》りを抑えて、

「はい……そうかもしれません」

と答えた。長い長い施設での暮らし。そして、板場の修業で、何も言わずに、ただ耐えることには慣れていたから……。

その晩のこと。

もも吉は、拓也の母親の波留美に連絡を取った。これが三度目だった。老人保健施設のヘルパーの仕事をしているとのことで、なかなか電話が繋がらない。

波留美は、拓也君が会ってくれないと悩んでいる。それどころか憎まれていると電話口で泣いていた。もも吉は、波留美の気持ちを考えると、辛くて仕方がなかった。「なんとか力になりたい」と思いはするものの、良い考えが浮かばなかった。なにしろ、長い年月が二人の間に心の溝を作ってしまったのだから……。

しかし、急がないといけない。もしものことがあってはいけない。もも吉は、少々焦《あせ》り掛けていた。そこで、今日は、一計を案じたのだ。みんなが集《つど》う前に、隠源和尚《おしょう》にだけ早く店に来てもらった。そしてタイミングを見計らって隠源に、「ご両親はどうしてるのか」と、拓也に聞いてもらうように頼んだのだ。

隠源は、自分が損な役回りを引き受けることを快く承知してくれた。そのおかげで、拓也は自分の生い立ちを、みんなの前でしゃべってくれた。

それは、けっして前向きなものではなかった。

しかし、少しは心を開くきっかけになったのではと思った。

「波留美さん、おかげんはどないどすか?」

ようやく繋がった電話口の向こうから、か細い声が聞こえた。

「はい、おかげさまで……」

「ほんまのこと言うておくれやす」

「……あの、あまり芳《かんば》しくなくて」

「そないどしたら、京都まで来はるんは難しゅうおすなあ」

もも吉は、波留美に無理をさせるのは心苦しかった。

「実は、難しい手術になるみたいで……」

これ以上、もも吉は何も言うことができなかった。

拓也は、今日もひどく叱られた。

配達に出掛けた際、自転車がふらついてしまった。あっ！　と思った時には遅かった。お弁当は地面に散らばっていた。つい先日、もも吉庵で母親のことをしゃべってしまったことを後悔《こうかい》していたのだ。それで、ボ〜ッとしていて観光客とぶつかりそうになり、慌ててよけて転んでしまった。

正直、しばらくはもも吉庵には行きたくないと思った。またもも吉に説教されるのはごめんだ。でも、奈々江には会いたい。

調理場の火が落ち、掃除が済むと親方に耳打ちされた。

「今度の日曜、いつもの時間や」

それが、「もも吉庵へ行って来い」という知らせだった。そして、日曜日。拓也は、気の進まぬまま、もも吉庵を訪れた。

拓也は店の中に入ると、「おや」と思った。いつもなら、隠源と隠善、そして、美都子が先に来ており、わいわいおしゃべりをしている。なのに今日は、奈々江しかいない。拓也はいつものように、奈々江の隣の丸椅子に腰掛けた。すると、これまたいつものようにおジャコちゃんがすり寄って来た。

「かんにん、かんにん。今日は、鰹節を持ってくるの忘れてしもうたんや」

「ミャ〜ウ」

おジャコちゃんは言葉がわかるのだろうか。いかにも残念そうな声で鳴いたかと思うと、元いたカウンターの角の椅子に戻り丸くなった。もも吉が奥から出て来た。

「お母さん、こんにちは」

「隠源和尚らは用事があるいうてなぁ。美都子も急に観光案内の予約が入ったとかで、ホテルへお迎えに出掛けたとこや。今日は、あんたら二人だけや」

「そ、そうなんですか」

拓也は、一瞬顔が綻《ほころ》んだ。

「二人でおしゃべりするんは久しぶりやろ。今、麩もちぜんざい拵《こしら》えてあげるさかいに、ゆっくりして行きなはれ」

拓也は思った。この前、拓也にあまりにも厳しいことを言ったことを、もも吉は気に病んでいるのに違いない。それで気を利《き》かせて、二人きりの時間を作ってくれたのだろうと。

もも吉は、ぜんざいを二人の前に置くと、そのまま奥の部屋へと引っ込んでしまった。拓也は、お弁当をひっくり返してしまったという失敗談を、おもしろおかしく奈々江に話した。

奈々江は、にこにこ笑って聞いてくれた。奈々江の前に置かれているガラスの一輪挿しの真っ赤な紅葉《もみじ》が、いっそう拓也の心を明るくした。


奈々江は、拓也との交換日記が楽しみだった。

舞妓になって、いきなり辛い思いをした。大切なお客様を怒らせてしまった。でも、それは自分が悪いのだ。愚痴を言ったら、よけいに自分が辛いだけ。そんなことは、けっして日記には書かないと決めている。かといって、何か特別なことを書くというわけではない。今日もお客様から頂戴した美味しいお菓子のこと、すれ違った観光客に「あ、舞妓さんだ。キレイだねぇ」と言われ嬉しかったことを書いた。そういう何気《なにげ》ない話ができる人がいることが幸せだと思った。

そして何よりも……もも吉庵のみんなはやさしかった。舞妓になれたのも、みんなのおかげだ。いつも有楽稲荷に手を合わせる時には、お世話になっている人たち一人ひとりの名前を心の中で言い「おかげさま、おかげさま」と唱えている。

「浜ふく」の琴子お母さんから、

「明日の日曜、もも吉お母さんのところへお使い頼むわ」

と言われた。一緒に暮らす他の舞妓の手前、そういう言い方をしてくれるのだった。

　胸を弾《はず》ませてもも吉庵に行くと、まだ誰も来ていない。いつもの奈々江の席に座ると、ガラスの一輪挿しに見事な紅葉の枝が活《い》けてある。もも吉が言う。

「美山《みやま》の知り合いがわざわざ持って来てくれたんや。もうお山は秋も深いらしい。赤い薩摩切子《さつまきりこ》に不思議と合《お》うて、キレイやろ」

　奈々江は、その美しさに溜息をついた。しばらくすると、拓也がやって来た。もも吉お母さんから、

「今日は、あんたら二人だけや」

と言われて驚いた。たしか「二人きりで会ってはいけない」と言われていたはずだ。

　とは言っても、もも吉お母さんがいるから二人きりではない。ぜんざいを食べ終わると、拓也は、最近あった自分の失敗談を話してくれた。それがあまりにも楽しくて、大笑いした。自転車で転んで、お弁当のお芋がコロコロと転がった話だ。

「こんなに幸せでいいのだろうか」と、奈々江はお稲荷さんに感謝した。

　小路に面した格子戸が、ガラッと開く音が聞こえた。もも吉が奥から出て来た。

「来はったみたいや」

静かな店内では、飛び石を歩く靴の音や框を上がる際の音までもが聞こえてくる。そして、襖が開いた。

「ようおこしやす」

そこに現れたのは、奈々江の知らない女性だった。

「さあさあ、そちらの席にお座りやす」

そう言われた女性は、一瞬ためらったかに見えたが、拓也の隣に座った。そのとたん、拓也が叫んだ。今まで一度も見たことのないような権幕《けんまく》で。

「どういうことや！」

「拓ちゃん……」

その瞬間、奈々江はその女性が拓也の母親であることを悟った。

「なんでや‼」

と怒鳴る。鬼のように眼を吊り上げて。もも吉が、その拓也の眼を見つめて言った。

「うちがお呼びしたんどす」

「よけいなおせっかいして。僕をはめたんか？」

拳が震えた。相手が男なら殴ってしまいそうだった。

「拓ちゃん……ごめんなさい」

拓也の母親は、今にも泣きそうな声で言った。

「僕、帰る」

拓也がそう言い立ち上がると、もも吉が声高《こわだか》に言って制した。

「待ちなはれ」

もも吉のその声は、今まで一度も耳にしたことがないような、深く険《けわ》しい響きだった。そう、それはまるで不動明王の怒りのような……。拓也は、金縛《かなしば》りにあったかのように動けなくなった。奈々江は、おろおろするしかなかった。

「もう一度、そこへ座りなはれ」

と言うもも吉に、拓也はへたり込むように椅子に腰をストンッと落とした。母親が、拓也の肩に手を掛け、すがるようにして言う。

「ごめんね、拓ちゃん。約束守れんかった。許して、許して。一緒に暮らそうと……」

拓也は、そう言い掛けた母親の手を払いのけ冷たく言った。

「許さん……絶対に許さへん」

「た、拓ちゃん……」

母親の目から涙があふれてきた。それでも拓也は、母親をなじった。

「僕は母ちゃんに捨てられたんじゃ。勝手に捨てたくせして、今頃なんなんじゃ。僕は一人で生きていくわ。ぶち辛い目遭《お》うたかわからんけえ、そう簡単に『許して』なんて言えるんじゃ。お前《みやあ》なんか消えてしまったらええんじゃ！」

いつしか、拓也はお国言葉になっていた。奈々江は、拓也が母親のことを「お前《みやあ》」と呼んだのを聞き、胸が苦しくなった。「そんなこと言っちゃダメ」と伝えたくて、スケッチブックを開こうとした。ところが慌てていて、湯呑みを倒してしまった。お茶がスケッチブック一面にこぼれて広がった。

「拓ちゃん、拓ちゃん……お母さんはあなたのことを捨てたんじゃないの。迎えに行けなかったことは本当にごめんなさい。でも、でも、捨てるだなんて……お願い信じて」

拓也の瞳は、ますます怒りで満ちていた。

「もうだまされんけえな！　誰がお前《みやあ》なんかの言うこと信じるか」

奈々江は、「あかん」と思った。拓也は心が壊《こわ》れてしまった。なんとかしなくては、とペンを取ろうとした。だが、間に合わない。拓也が、

「お前《みやあ》なんか……死ん」

と言い掛けた瞬間、奈々江は無意識に薩摩切子の一輪挿しを摑《つか》んでいた。

ガチャン！

床に、ガラスの破片が飛び散った。

水が床にじわじわと広がる。

枝から幾枚かの紅葉がちぎれて、その水に濡れた。

奈々江は、夢中で一輪挿しを床に叩きつけていた。必死だった。拓也にその言葉の続きを言わせてはならないと。拓也は、ただ茫然《ぼうぜん》として奈々江を見つめていた。

「大丈夫か！　奈々江ちゃん。ケガせぇへんかったか？」

もも吉お母さんが、カウンターの向こうから回り込んで駆けて来た。手や足元など、身体のあちらこちらに触れて見てくれた。同様に、拓也と母親の身体も。スケッチブックは濡れてしまって使えない。奈々江は、とっさに膝の上の交換日記を開き、ペンを走らせた。

あかん。あかん。拓也君、お母さんにそれを言ったらあかん。

そして、拓也の目の前に掲げた。

母親ともも吉ものぞき込むように見る。

ページをめくり、また書いた。

拓也君に聞いてほしい話があるの。

ガラスが砕け散った音に驚いて、先ほどまでの怒りがいくらか冷めたような面持《おもも》ちで拓也が答える。

「な、なんなんや、奈々江ちゃん」


ゆっくりしか書けんから、待ってな。うちは、この話を思い出すのも辛くてかなわへんから。

もも吉が、

「ええんか、奈々江ちゃん。大丈夫か?」

と心配そうに尋ねる。奈々江は、「うん」と首を縦に振ることで返事した。拓也の母親は、何が起きたのか事情がわからぬまま、ただ泣いている。

奈々江は、交換日記のページをめくった。

ゆっくり、ゆっくり、一文字ずつ丁寧《ていねい》に書く。

三人が奈々江に近寄る。そして、その目はノートに釘付《くぎづ》けになった。


うちが、小学三年生の時でした。大きな地震が来て、海がみんなをどこかへ連れて行ってしまいました。その日の、朝のことです。学校へ行く前に、二つ年下の妹の未久《みく》とケンカをしてしまったんです。

「ケンカ？」

と、拓也は呟き、また黙った。

うん。ケンカ。いつも未久は朝寝坊で学校へ行くのにバタバタでした。その日も、教科書の支度ができていなかったから、私が手伝ってやったんです。「だらしないわねえ、ちゃんと寝る前にやっておかないからよ」って言ったら、「お姉ちゃんだって、この前、宿題忘れてお母さんに叱られたじゃない」と言い返して来たの。「もう手伝ってあげない、勝手にしたら」って言ったら教科書を投げつけて来たの。それで私もカッとなって、未久の大事にしている人形を投げつけたんです。未久も、私の教科書にマジックで、ワーと落書きをして。

奈々江は、一気に書いたので手が疲れてしまった。

もも吉が、

「ゆっくりなぁ」

と言ってくれた。再び、奈々江はペンを握った。

もうメチャクチャ悪口を言い合って。気付いたら、言っていたんです。

奈々江は、ここでペンを止めた。

もも吉が、目を閉じるのが見えた。拓也と母親は奈々江をじっと見つめている。

未久なんか、死んでしまえって。

拓也の顔色が変わるのがわかった。

だから、拓也君。そんなこと言ってはダメなの。そんなこと言ったら、本当にお母さんは死んでしまうの。うちがいけないの。未久を殺したのは私なの。だから、だから……拓也君、ダメ。ダメ。後悔する。絶対、後悔するから。

奈々江は、気分が悪くなった。あの日のことがグルグルと頭の中を回り始めた。

涙があふれて止まらない。もも吉が、やさしく肩を抱いてくれた。

「もうええ、もうええ、辛いこと思い出させてしもうてかんにん、かんにんやで」

もも吉も泣き声になっていた。奈々江は深呼吸をして今一度、交換日記のノートに向かった。

静まり返った店内は、泣き声だけがかすかに響いていた。

ふと見ると、拓也と拓也の母親も泣いていた。もも吉が言う。

「拓也君。うちの話も聞いてくれるか？」

「……」

「あんたのお母さんの話や。あんたはなぁ、お母さんに捨てられたんやないんや」

「え⁉　……だって」

「それどころかお母さんはあんたのこと、守ってくれてはったんやで。話してもええどすな、波留美さん……」

拓也の母親が、ためらいつつも頷いた。

「あんたのお父さんは、お酒飲むと人が変わるお人やったそうや。普段はほんまにええお父さんやったのに、二重人格いうんか、酔うと暴力振るうたんや。あんたのお母さんだけでなく、幼いあんたにもなぁ」

「う、嘘《うそ》や……」

拓也は力なく言い返す。

「信じるかどうかはあんた次第や。ただな、それが証拠にあんたの耳や。あんたが幼稚園の時、お父さんが酔って殴りはったそうや。『痛い、痛い』て泣きわめくあんたをお母さんは病院へ連れて行かはった。残念なことやけど、その時のせいであんたの左耳は聞こえんようになってしもうたそうや。そんな一大事やいうんに、病院から帰るとお父さんは廊下《ろうか》でグーグー寝てたそうや」

「そんな……嘘や嘘や。なんでそのこと、今まで教えてくれへんかったんや」

拓也の母親が、泣きながら言う。

「拓ちゃん、ごめんね。お母さんは拓ちゃんがお父さんのことを憎むような人になってほしくなかったのよ」

「憎む？　……」

またもも吉が説明する。

「お母さんのお父さん、つまりあんたのお爺ちゃんはな、お酒とか飲まんでもすぐに人を殴るお人やったそうや。家族だけやない。会社の先輩に注意されて殴ってしもうて、警察沙汰《ざた》になったことも一度や二度やないそうや。結局、刑務所に入りはってなあ。その後、残された家族は今までのところに居づろうなって……。あんたのお母さんはそんなふうになったんは、全部お父さんのせいやて恨むようになりはった。そやけど、成人して社会に出ると、父親のことを憎んでいる自分がだんだん嫌になったそうや。ああ、自分はなんてダメな人間なんやろうてな。自己嫌悪いうやつやな。それであんたには、けっしてお父さんのこと、憎んだり恨んだりさせとうなかったんや」

「そんな……バカな」

「話戻そか。あんたのお父さん、あんたが泣くと、よけいにうるさい！　言うてまた殴る。そのうち、一日中お酒飲むようになって暴力振るい続けるようになってしもうたそうや。それでなぁ、お母さんはあんたを連れて家出したんや。あんたを守るためや。それでも、身を寄せた親戚《しんせき》やお母さんの友達んとこまでお父さんはやって来て、泣きわめくあんたを連れて帰ろうとしはった。仕方なく、あんたを児童養護施設に預けて、自分はお父さんから身をくらましたんや」

　拓也が言う。まだ少し息が荒いようだった。

「それなら、なんで僕に会いに来てくれんかったんや」

「お母さんはなぁ、あんたに会いとうてたまらんかった。それでも会いに行けんかった。お父さんはしつこう、お母さんの居所を突き止めてやって来はったからや。それだった。老人ホームでパートして働いたお金も、全部持って行ってしまったそうや。それだけやない。ある日お母さんが、あんたに会いに施設に行こうと思うて出掛けた時、お父さんに後を尾《つ》けられて施設を突き止められてしまったこともあったそうや。そやから、二度ほど施設を変わらせて、お父さんから保護したんや。どこでお父さんが見張っているかしれへんから、我慢して会いに行かんようになった。それはそれは辛かったて言うてはる。あんたが中学卒業する時、お母さんは一生懸命に貯金しはって一緒に住む準備してたそうや。ところが、またお父さんが現れて、全部お金持って行ってしまったそうなんや。……でもな、そのお父さんもこの春に病気で亡くなられてなぁ」

「そ、そんなことって……」

拓也は、思うように言葉が出ない。母親が泣きながら言う。

「ごめんね、ごめんね。拓ちゃん」

もも吉は、さらに続けた。

「ええか、よう聞きぃ。お母さんな、病気に罹《かか》ってはる。それも重い病気や。もうあんたに二度と会えんようになるかもしれへん。この世からおらんようになってしまう前に、会って今までのこと謝りたかったそうや」

「ごめんね、ごめんね拓ちゃん」

「全部嘘や、嘘や嘘や～！」

拓也は、再び立ち上がり吠《ほ》えるように叫んだ。

「ワーワー!!」

狂ったように喚《わめ》いた。そして、母親に抱き付いた。

「バカヤロー！　バカヤロー!!」

拓也は、泣いている。まるで幼い子どものように泣いている。母親にすがりつき、胸元に顔を埋《うず》める。母親も、拓也を抱きしめた。強く強くしっかりと。

奈々江も泣いた。今まで、あの大きな「波」が来て以来、どれほどたくさんの涙を流したかわからない。それは、悲しみの涙だった。でもこの涙は、なぜか心が熱くなる喜びの涙だった。


もうどれほどの時間が経っただろう。

もも吉庵に、静寂《せいじゃく》が戻った。

拓也と母親は、互いの心の溝を埋《う》めるかのように、最後に会ってからの二年余りの出来事をしゃべり合った。拓也は、今まで失った時を取り戻すかのように、夢中で板場修業の話をしていた。

奈々江は、その隣で、二人の話をじっと聞いていた。

拓也が、ふと思い出したかのように言った。

「母さん……病気って？……」

「うん、今度手術することになって」

「さっき、重い病気だって……」

心配顔の拓也に、もも吉が言う。

「心配せんでもええ。京都の総合病院の院長先生《センセ》に頼んで、一流の外科の先生を紹介してもろうた。ついこの前、総合病院で検査し直してもろうてなあ。たしかにかなり難儀《なんぎ》な手術やけど、『大丈夫や』言うて太鼓判《たいこばん》押してくらはった」

「母さん……よかったなあ」


奈々江は、遠い昔のことを思い出していた。

交換日記のページめくって、もう二度と会うことができない母親の笑顔を思い浮かべる。ペンを握り、そして、綴《つづ》った。


会いたいよ。

会いたいよ、お母さん。


奈々江の瞳から、ポツリと一粒涙が落ちる。ノートの上の「お母さん」の文字が、儚げに滲んだ。奈々江は目を閉じて心の中で呟いた。

「でも心配しなくても大丈夫だよ。奈々江は今、幸せだから安心して天国から見ていてね」

第五話　老舗《しにせ》継ぐ兄弟《あにおとうと》におぼろ月

「なんでみんな、そないに嵐山《あらしやま》が好きなんやろう」

隠源《いんげん》が呆《あき》れるように言うと、もも吉《きち》が取り合わないという顔つきで答えた。

「そりゃあ、キレイやからでっしゃろ」

ぼやいたのは、建仁寺《けんにんじ》塔頭《たっちゅう》の一つ満福院《まんぷくいん》の住職・隠源だ。その息子で、副住職の隠善《いんぜん》が父親の言葉を説明するように言った。

「昨日《きのう》、おやじとテレビのニュース観てたら、今年は開花が早《はよ》うて、桜が六分咲きやて。それで画面に映ったんが嵐山の渡月橋《とげつきょう》。もう人、人、人でごった返すの見て、なんでそないに嵐山にばかりに観光客は集中するんやろうて、話してたんです」

今日も、もも吉庵《あん》にいつもの顔ぶれが集まった。

もも吉は、母親が女将《おかみ》を務めるお茶屋で生まれ、三味線《しゃみせん》を子守唄代わりにして育った。周りにはいつも舞妓《まいこ》さん、芸妓《げいこ》さんがいたため、早くから舞《まい》も習い始めて気づくと舞妓になっていた。その後、芸妓となり、急逝《きゅうせい》した母親の跡を継いでお茶屋の女将になった。だが、今は、お茶屋を衣替えして甘味処《かんみどころ》を営んでいる。跡継ぎにと考えていた娘の美都子《みつこ》が、突然、タクシードライバーになってしまったからだ。もも吉は、伝統とか習わしを大切にして生きてきた。それだけに、お茶屋を廃業した時には、心にかなりの痛みを感じたものだった。

それでも、いつまでもじくじくと思い返すのは性分《しようぶん》に合わない。それよりも、もも吉庵を訪れる人々の悩み事を聞くことに、生き甲斐《がい》のようなものを感じていた。


美都子が言う。

「ほんま隠源さんの言わはる通りやわ。この時期、遠くから来はるお客さんのリクエストは、決まって嵐山。それから円山《まるやま》公園に清水《きよみず》さん。京都へ何度目かのお人でも蹴上《けあげ》のインクラインや哲学の道へ行ってくれ、て言わはります。たぶんガイドブックに大きゅう写真が載ってるからやろうなあ」

「そうやろ、そうやろ美都子ちゃん。この時期、その辺《あた》りにはよう近づかん。『花』やのうて『鼻』見に行くようなもんや」

と、鼻の頭を指さす隠源に、隠善がすかさずからかった。

「おお〜ブルブル、おやじのつまらんダジャレ聞いて寒《さぶ》うなったわ。花冷えやな」

「何言うてるんや。お前もうんざりや言うてたやないか」

美都子が、頷《うなず》いて言う。

「そうそう、昨日のことやけどな。東京から朝一番、日帰りで来はったお客様から『観光客のあまり来そうにない穴場の桜を見に連れて行ってほしい』て頼まれて、あちこち巡らせてもらったんやわ。最初に千本釈迦堂《せんぼんしゃかどう》にお連れしたら、枝垂《しだ》れの阿《お》亀桜《かめざくら》が満開でなあ。その後、本法寺《ほんぽうじ》、妙顕寺《みょうけんじ》、妙蓮寺《みょうれんじ》、上品蓮台寺《じょうぼんれんだいじ》さんへ行ったんやけど、観光客の姿はほとんど見掛けへんくて、お客様は大喜びやったわ」

するど、もも吉が、

「えろうまた渋いところ回ったもんやなあ。誰もいてへんお寺の古桜を眺めるんは贅沢《ぜいたく》なことや。そやけどうちは、花見言うんは、『賑《にぎ》わい』も大事やと思いますえ。混雑してること承知で、人は桜を見に行くんもんなんやないやろか」

美都子は、もも吉の言葉を受けるようにして言った。

「お母さんの言う通りや。実はなぁ、そのお客様、最後は少し賑やかな桜も愛《め》でたい言わはって。それで、平野神社《ひらのじんじゃ》にお連れしたんよ」

平野神社は、平安遷都《へいあんせんと》の際に遷座《せんざ》されたとされ、朝廷とゆかりが深い。境内《けいだい》には、公家《くげ》から奉納《ほうのう》された桜など、およそ六十種、四百本もの桜が植えられている。早咲きから遅咲きの桜まで、ひと月半もの間、楽しむことができる花見の人気スポットだ。

「わてはごめんや。平野神社は人が多すぎる」

と、意地を張ったように言う隠源にもも吉は呆れて、

「強情なじいさんやな、勝手にしたらええ。うちは明日はちょうど二十五日、天神

さんの市の日ぃやさかいに北野の天神さんの花見て来よう思うてます」

「ばあさんも、淋《さび》しゅうて人恋しいんやな」

「勝手にしぃ。天神堂のやきもち買《こ》うて来よか思てたけど、あんたにはやらへん」

「そ、それは別の話や。わての好物やないか」

プイッともも吉が横を向いた時、表の格子戸《こうしど》の開く音がした。

「なんや、どなたはんやろう」

美都子が入口の襖《ふすま》の方に目を向けた。もも吉庵は、馴染《なじ》みの人の他は、めったに訪れない。襖が開くと、現れたのは京極丹衛門《きょうごくたんえもん》だった。短髪のオールバック。グレーのスーツをパリッと着こなしている。もも吉が、親しげに迎える。

「ああ、京極社長はん。ようおこしやす」

「みなさんお集まりですね」

「どうぞおかけやす」

と、おジャコちゃんの隣の席へと促《うなが》す。おジャコちゃんは、アメリカンショートヘアーのメス。元々どこかのお大尽《だいじん》に飼われていたのか、口が肥えていて市販のキャットフードは口にしようとしない。おジャコちゃんが、隣に座った丹衛門に、

「ミャ〜ウ」

と、頰《ほお》を寄せてねだる仕草《しぐさ》をした。

「はいはい、ちょっと待ってやぁ。あんたの好きなもん持って来ましたで」

そう言い、スーツのポケットから取り出したのは、銘菓《めいか》「風神雷神《ふうじんらいじん》」だ。

丹衛門は、安土桃山《あづちももやま》時代から続く老舗《しにせ》和菓子店「風神堂」の十八代目の当主で社長である。その看板商品「風神雷神」は進物《しんもつ》の高級ブランドとして知られ、大手百貨店にも出店している。おジャコちゃんは、その「風神雷神」が大の好物なのだ。「風神雷神」は、黒糖羊羹《こうとうようかん》を烏骨鶏《うこつけい》の卵をたっぷり練り込んだカステラ生地《きじ》でサンドしたこだわりの逸品。マッチ箱ほどの大きさで、高級ホテルのコーヒー一杯分の値段がする。

丹衛門に、隠源が話し掛けた。

「この前はたいへんどしたなぁ」

「ああ、ほんまにヒヤリとしましたわ」

もも吉が、

「ああ、あの火事のことどすな。えらいことにならんでよろしおしたなぁ」

と言った。

それは十日ほど前の話。京の台所・錦市場《にしきいちば》のどんつき「錦天満宮《にしきてんまんぐう》」からほど近いところで起きた火災のことだった。結局、ボヤ程度のことで収まったのだが、何しろ京都を代表する繁華街だ。火の手の割には煙が大量に発生し、一時は消防車が五台以上も駆けつけて近隣は大騒ぎになった。丹衛門が、その時の様子を語る。

「うちの本社ビルは、そこから二筋《ふたすじ》も離れてへん。消防車のサイレン聞いて表に出たら、もうもうと煙が上がってるやないか。これはあかん思うて、急いでお店に来てはったお客様を安全なところへ誘導《ゆうどう》させてもろうたんや」

「風神堂」本社ビルの一階は、小売りの店舗《てんぽ》になっている。

「次に、みんなで手分けして、重要な書類だけ運び出したんや。ところが人は予期せぬことに遭遇《そうぐう》すると、なんやわけのわからん行動するて聞いたことがある。例えば、枕とか鍋持って逃げ出すとか……。わても実は、その一人やったんや」

美都子が尋《たず》ねる。

「社長はんは、どないしたんどす？」

「それがなぁ、店ん中に掲げてある『風神堂』の看板はずして、運び出したんや」

「看板⁉　えろう重いんやないの？」

「重いのなんのて。栗《くり》の分厚い木ぃでできてて、とても一人では無理や。店長を呼んで一緒に、少し離れたところの倉庫まで避難させたんや。まったく笑い話やろ」

もも吉は、それを笑うどころか真剣な面持《おもも》ちで言った。

「さすが、十八代目の当主や。うちはそれでこそや、と感服しますえ」

「いやあ、若い社員には呆れられましたけどなあ。もっと大事なもんが他にもぎょうさんあるんやないですか、言うてな」

もも吉は、さらに続けた。

「長《なご》う商《あきな》いを続けるいうんは、並大抵のことやない。中でも『風神堂』さんは歴史あるお店や。看板は、その象徴《しょうちょう》やさかい、お金には置き換えられしまへん」

丹衛門は、しんみりした顔つきで答える。

「その通りやと思うてます。本店の建物は火災で何度も焼けてしもうて、その看板は幕末のもんやと伝わってます。わては、たまたま、ご先祖からお店を預《あず》からせてもろうてるだけ。自分の代で絶やさんように、次へと繋《つな》いでゆくんが役目やと信じて商いさせてもろうてます」

隠源が、わざとらしく隠善の方を向いて相槌《あいづち》を打つ。

「うちのような寺も同じじゃや。次の代へきちんと繋いでいかんとなあ。跡継ぎのことが心配で夜も眠られへん。早《は》よ所帯《しょたい》持って孫の顔見せてもらわんとなあ」

「おやじ、ここでその話するんかいな」

すると、美都子が助け船を出した。

「隠源さん、心配せんでもええ思いますえ。最近、隠善さん、ほんまにええ男はんにならはったさかい、アッ！　という美人が押しかけ女房で来てくれはるんちゃいますか」

隠善は、チラリと美都子を見てうつむいた。丹衛門が隠源に、

「お互いに気張《きば》りましょな」

と言うと、隠源は丹衛門の手にしている紙袋に気付いて尋ねた。

「今日は、どこぞの帰りでっか？」

「へえ、ついさっき、平野神社さんにお参りさせていただきました」

「なんやて⁉」

隠源の顔色が変わった。もも吉が、丹衛門に尋ねる。

「どないどした？」

「それは見事やった。とにかく、桜の種類も多いが人の数も多い。華やかいうんはあないなんを言うんやろな……む？　隠源和尚《おしょう》、どないしはったんですか？」

隠源のさっきまでの勢いはどこへやら。もも吉をはじめ、美都子も隠善もクスクスと笑っている。丹衛門が再び、

「どないか、しはりましたか？」

と、尋ねるも誰も答えない。丹衛門は、首を傾《かし》げつつ紙袋を掲げて見せた。

「みなさんにもお土産《みやげ》買《こ》うて来ました」

と中身を取り出して、カウンターに置いた。まずは、「笹屋守栄《ささやもりえ》」の「平野の桜」。この季節限定の羊羹だ。小豆《あずき》の台の上に、鮮やかなピンクの羊羹が重なっており、

平野神社に咲く桜の塩漬けと桜のリキュールでほんのりと味付けされている。

「ええなあ、美味《おい》しそうや」

と、生唾《なまつば》を飲み込む隠源だが、誰も返事をしない。

さらに、桜の塩漬けも。こちらは、お守りやお札を入れる白い紙袋に入ってお
り、「開運桜」と書かれている。お守り同様、社務所《しやむしよ》で授与《じゆよ》賜《たまわ》るものだ。

もも吉が、これらを見て、

「これはええなぁ。今日は桜尽くしにしまひょ」

と言い、丹衛門の手土産を持って奥へと入って行った。

しばらくすると、奥からもも吉の声が聞こえた。

「美都子～手伝《てつど》うてくれへんか？」

「へえ、お母さん」

二人して、お盆を運ぶ。

「まずは、桜湯や。これで喉を潤《うるお》しながら春の香りを楽しんでおくれやす。咳《せき》にも
効き目があるらしいで」

そう言い、それぞれの前に湯飲みを置く。

「なんや、ばあさん。わてのは？」

それには答えず、みんなの前に清水焼の茶碗と、切り分けた「平野の桜」の小皿

を並べた。

「イケズか？」

「そうや、イケズや。あんたさっき、平野神社さんのことなんやかんや言うてたやないか」

「そ、それは……あ、あ〜ん、反省してますがな。頼むわ」

情けない声で頼み込む隠源に、もも吉は奥からすぐに一揃《ひとそろ》いをお盆に載せて持って来た。どうやら、ちゃんと隠源の分も最初から用意をしていたらしい。

「見ておくれやす。今日は、ピンクの麩《ふ》もちを準備してましたんや。まさか、こんなお土産いただくとは思わへんさかい」

隠善が言う。

「おまけに、ぜんざいの上に桜の塩漬け。ほんまの桜尽くしや。ええなあ、この香り」

もも吉庵は「花の宴《うたげ》」になった。隠源も、甘味に舌鼓《したつづみ》を打ち満足げだ。

ここで丹衛門が、急に真顔《まがお》になって背筋を正した。

「あの、実は今日はみなさんに聞いていただきたい話がありまして……」

「やっぱりどすか。いつもは言葉少なな社長はんが、今日はなんやようしゃべらはって、なんや心ここにあらずやて思うてましたんや」

「もも吉お母さんには悟られてましたか」

もも吉は、裾《すそ》を直して畳に座り直した。

「それでどないしはったんどす」

「実は……」

眉《まゆ》を曇らせつつも、淡々と語る丹衛門の話に耳を傾けた。それは、もも吉でさえも初めて知ることばかりだった。

ときおり、話に間《ま》が空いた。どう伝えようかと言葉を探しているかに見えた。

遥《はる》か遠くで、鐘《かね》を打つ音が聞こえた。

それを合図《あいず》のようにして、再び丹衛門が語り始める。

その瞳が少しずつ赤くなってゆくことに、みな気づいていた。


鹿ケ谷高志《しかがだにたかし》は、老舗和菓子店の次男坊として生まれた。

それも、老舗中の老舗、「風神堂」である。

高志は、幼い頃から工場に忍び込んではよく父親に叱られた。「こないに美味しいもんをどないして作るんやろう」と自分の眼で見てみたかったのだ。「ここは遊び場やない！」と怒る父親の形相《ぎょうそう》に怯《おび》えた。

たしか、小学校の低学年のことだった。勘治《かんじ》さんが手招きをしている。菓子職人の中では一番年配。高志は、「勘ジイ」と呼んでいた。

「ぼん、こっちおいで」

「なに？」

と走って行くと、しゃがんで人差し指を縦に口に当てて高志を見つめた。

「ええか、あんこ炊《た》くとこ見せたるさかい、誰にも言わんこと約束でけるか？」

いつものニコニコ顔が別人のように真剣だった。

「うん」

と頷くと、こっそり工場の「あんこ」を炊く部屋に入れてくれた。二人きりだ。

あんこは、和菓子の命だ。「風神堂」の職人といえども、決まった者しか作ることを許されていない。勘ジイはその中でも、あんこ炊きの名人と言われていた。

千二百年の都・京都と言えども、ほとんどの和菓子屋ではガスの火であんこを炊く。また、あんこを専門に製造する会社から仕入れる店も多い。そんな中、風神堂では薪《まき》であんこを炊くことにこだわり続けていた。その薪も、クヌギと決まっている。それゆえ、火加減をおいそれとは習得することができないのだ。

高志は、勘ジイから聞いたことがある。

「ガスか薪か。一度に二つを食べ比べても、わからんかもしれんへん。そやけどなあ、『なんとのう』薪で炊いたんが、舌触りが滑《なめ》らかで鼻に抜ける小豆の香りがええような気がするんや。ワシは学がないからよう表現せぇへんけど、『なんとのう』やさしゅうて『なんとのう』心に温《ぬく》い気がする。その『なんとのう』いうんが風神堂のあんこなんや」

大きなおくどさん（竈《かまど》）が目の前にあった。最初、水が目一杯張っていたものに、グツグツと泡が出始める。やがて水分が少なくなっていくと、ねっとりとして表面にプツリプツリと小さな坊主頭のようなものが湧き出してくる。

「もうええか?」

と勘ジイに言われても、高志はそこを動くことができなかった。いくら見ていても、飽きることがない。

「ぼんは、ほんまにあんこが好きなんやなぁ」

と呆れられた。しかし、たまたまやって来た父親に見つかってしまった。翌日、勘ジイに「大丈夫やった?」と尋ねると、「なんもない、なんもない。気にせんとき」と笑って答えてくれた。でもその後、勘ジイは相当ひどく叱られたらしいと、他の職人から聞いた。

それでも高志は、たびたびこっそりと工場へ忍び込んだ。釜《かま》の中で、小豆があんこに変わってゆく様を眺めるのが好きでたまらなかったのだ。

何度、父親に叱られたかわからない。やがて、工場の入口には鍵が掛けられ、社長か工場長にいちいち鍵を貸してもらわないと出入りができなくなった。そのため高志は、職人さんたちから、「面倒なことになったんは、ぼんのせいやで」と、ぼやかれることになってしまった。

京極家には代々、定めがある。

「長男が継ぐべし」

何人、子どもが生まれても、長男が継ぐものと決められている。江戸時代の大名家では、よく跡目争いが起きた。長男か次男か。または正妻の嫡子《ちゃくし》か妾腹《しょうふく》の庶子《しょし》か。家老や家臣が真っ二つに割れ、そのあげくお家が取り潰《つぶ》しに遭《あ》う。そんなことが、商家でもないとは言い切れない。近年、老舗の某《ぼう》かばん屋が相続でもめたことは、誰もが知る話だ。親族の間で、けっして争いを起こさないようにすること。それが、遥か昔の創業者の思いだった。

その定めを守り、高志の五つ年上の兄・丹衛門が、社長兼当主を継いでいる。

幼い頃から、兄は「跡継ぎ」として父親から厳《きび》しく育てられた。礼儀作法だけでなく、学校の成績が悪いと、蔵に閉じ込められた。何時間も出してもらえない。

「助けて〜」

と泣きわめく兄の声が、蔵の高窓から裏庭に漏《も》れて来る。高志は、きっとお腹を空《す》かせているに違いないと思い、高窓からお饅頭《まんじゆう》を投げ入れようとした。が、やはりそれも父親に見つかってしまい、こっぴどく叱られてしまった。

反して、高志は気楽なものだった。「おまえは自由にしていい」と言われ、小学校から帰るとすぐに友達と遊びに出掛けた。もっぱらの遊び場は寺の境内や鴨川《かもがわ》だった。兄の顔が青白いのに比べて、高志は兄弟とは思えぬほど真っ黒な顔をしていた。

兄はというと、学習塾の他、茶華道・能楽《のうがく》、謡《うた》いなどの習い事をさせられ友達と遊ぶ暇などなかった。あまりにも忙しくていつも疲れた顔をしているので、ある日、

「兄ちゃん、しんどうない？　僕がこっそり一つくらい代わってあげよか」

と、言ったことがある。兄は、苦笑《にがわら》いして答えた。

「そんなんしたら、また父ちゃんに大目玉食らううで」

「そうやな」

二人して、とにかく「父親に叱られないようにするにはどうしたらいいか？」ということばかり話し合っていた。ときおり、

「僕は長男やから仕方ない」

と、諦《あきら》め顔でぽつりと呟《つぶや》く兄が、高志は気の毒で仕方がなかった。

家の中での二人の待遇《たいぐう》は、天と地ほども違っていた。高志の洋服やおもちゃ、自転車は兄のお下がりばかり。普通の家庭では兄弟平等を心掛けるが、その正反対だった。母親も、何か言いたそうだったが、父のやり方に口を出すことができなかったようだ。

その中で、もっとも羨《うらや》ましかったのは、お菓子だった。風神堂の本店では、日々新作の和菓子を開発している。一つ出来上がると、職人頭《がしら》が社長である父親のところへ持ってくる。その時、兄の丹衛門も同席させられる。

「ぼんも、よろしゅうお味見《あじみ》お願いします」

と、兄の前にも新作が置かれる。それも、店の後継者になるための勉強の一つだと聞いていた。だから高志は、それが「えこひいき」だとか、自分が「ないがしろにされている」とは思わなかった。しかし、試食がしたくてたまらない。「僕も食べたい」と、小学校の三年生くらいまでは、泣いてせがんだ。

父親はいつも、

「おまえは、ええんや」

とだけ言った。

高志は、知らず知らずのうちにそんな父親を憎むようになった。別に、かばんもおもちゃもお下がりでかまわない。でも、こんなに和菓子が好きなのに、なぜ、自分には食べさせてくれないのか。いつの間にか、「僕はいらん子なんや」と思うようになった。ずっと兄を慕《した》っていたはずなのに、いつしかジェラシーが、

「兄貴をいつか見返してやる」

という思いに変わっていった。


高志は、京大に合格した。それも現役だ。

勉強はけっして得意な方ではなく、高校へ入っても友達と組んだバンド活動に熱を入れていた。二年生の夏休みまでは、成績は赤点スレスレの低空飛行だった。バンドのピアノは、一年先輩の女子だった。最初に会った時から好きだった。一緒にいるだけで胸が苦しくなる。仲間にもその気持ちは内緒にしていたが、とうとう我慢できなくなり告白した。すると……。

「かんにん、うち頭ええ人が好きなんや。賢《かしこ》うないと、話してて楽しゅうないんや」

彼女の父親は、京大で国文学の教授をしていた。父親と、幼い頃から文学だけでなく、さまざまな歴史・文化の話をしてきたという。本やレコードが部屋には収まり切れず、それらのためだけに倉庫を建て増ししたという。たしかに、高志は彼女の博学博識ぶりには、いつも舌を巻いていた。

高志の失恋のショックは、勉強に向かった。

「オレ、京大に入る。そないしたら、もういっぺん考えてほしい」

　そう言うと、

「ええよ」

　と笑って答えてくれた。少し嘲笑《ちょうしょう》気味に。バンドも止《や》め、授業に集中し夏休みも冬休みも勉強に明け暮れた。家では、「熱があるんやないの」と母親が心配してくれたが、父親は「勉強はええことや」と、それまでの生活との変わり様《よう》の理由を聞こうともしなかった。

　そして、合格。一番に喜んでくれたのは、兄だった。

「お前はやればできるヤツなんや。よかったよかった」

　と言ってくれた。ずっと勉強とお稽古事《けいこごと》ばかりの暮らしをして来た兄だったが、第一、第二志望の大学に落ち、滑り止めの二流の私大を卒業していた。

　しかし父親の言い分は、「店を継ぐためには、学歴は関係ない」ということだった。

　京大に合格した時から、祖父の代からいる番頭格の社員や、工場の職人さんたちの高志を見る目が変わって来た。というのは、高志が飛びぬけて味覚が鋭いことを社内の誰もが知るまでになっていたからだった。

　ある時、あんこの出来が良くないことがあった。いつもと同じ水、同じ産地の小豆、さらに同じ砂糖を使っているにもかかわらずだ。職人みんなが、あんこを口にして首を傾げた。たまたま通りかかった高志が、ペロリとあんこを舐《な》めた。

「小豆、変えたん？」

するとと、父親が怒鳴った。

「お前はあっちへ行っとれ。店のことに関わるな」

ところが、である。勘ジイが念のためにと調べると、問屋の若いもんの手違いで別の産地の小豆を梱包《こんぽう》してしまっていたことが判明した。職人たちも唸《うな》る鋭い「舌」を持ち合わせている。その上、京大に合格と頭脳も明晰《めいせき》。比べて、兄の味覚は、劣りはしないものの凡庸《ぼんよう》だ。となると……「風神堂」を継ぐのは高志が適任なのではないかと。しかし、社長の手前、誰もそのことを口にすることはなかった。


高志は大学を卒業すると、東京の一部上場の不動産会社に就職した。実は、企業はどこでもよかった。京大卒となれば、就職は引く手数多《あまた》だ。とにかく、京都を出ようと決めていた。風神堂の者が、高志を担《かつ》ぎ上げたがっていることを、なんとはなしに肌で感じていたからだ。

初めての東京での一人暮らし。高志は家を出たことで心の重石《おもし》が取れたような気がした。父親というよりも、何代も続いている「家」から逃れたいと思った。猛烈《もうれつ》に働き、新人ながらも驚くほどの営業成績を上げ、支店表彰を受けた。さらに、五年目には社長賞も獲得した。まさしく、前途洋々《ぜんとようよう》だった。

盆と正月に帰省してその話をすると、勘ジイは泣いて喜んでくれた。

だが……、好事魔多し。会社が倒産してしまう。トップの不正経理が発覚したのだ。高志は、ただただ茫然《ぼうぜん》とした。やむなく実家に戻ると、しばらくは居候《いそうろう》のようにブラブラとしていたが、ただ飯を食《く》らうのに気が引けて家業の手伝いをするようになった。新規の注文取りだ。

不動産業で培《つちか》った営業力は、ここでも発揮された。次々と新しい顧客を獲得し、社内はもちろん、社外の人からも「高志さんはヤリ手」という声が聞こえてきた。

「これはまずい」と思った。兄の立場を脅《おびや》かしてはいけない。ほどなく高志は、仕事をサボッて、日がな、喫茶店や河原で時間を潰すようになる。

「せっかく菓子屋に生まれたのに」

「こんなに菓子が好きやのに」

「必死に働いても、兄の邪魔になるだけや」

自分で自分を飼い殺すような毎日を送った。

そんな空虚《くうきょ》な生活を続けていたある日のことだった。突然に、縁談が舞い込む。

風神堂の分家筋である京菓子司「蓬萊屋《ほうらいや》」から、「高志君を婿《むこ》養子に欲しい」と請《こ》われたのだ。先年、身体の弱かった跡継ぎの長男が病死してしまった。女将はショックで体調を崩し、入退院を繰り返しているという。当主は、「このままでは、江戸時代から続く店が途絶えてしまう」と悩んでいた。

幸いなことに大学生の娘がいた。来春、卒業後は、市の図書館に勤めることが決まっていた。両親は、娘に手をついて頼んだ。婿を取って、家を継いでほしいと。それこそ乳母日傘《おんばひがさ》で育てた娘だった。気がやさしくて素直が取り柄。二つ返事で、「お父ちゃん、お母ちゃんの言う通りにする」と承知したという。

店構えこそ、それほど大きくはないが、名のある寺社の御用達《ごようたし》をいくつか務める名店だ。江戸の中期に「風神堂」の番頭《ばんとう》が、暖簾分けで独立したのが起こりだ。その際、恋仲だった「風神堂」の末娘を娶《めと》った。そのため、「風神堂」と「蓬萊屋」は遠い遠い「親戚《しんせき》」でもある。

相手の沙知絵《さちえ》は、大人《おとな》しく控えめな女性だった。歳は一回り近くも離れていたが、会うとたちまち互いに惹《ひ》かれ合った。ここから、高志の第二の人生が始まった。

「この志野《しの》の色合い、ええなぁ」

もも吉がそう言い、手にしたのは志野焼の茶碗。白い釉薬《ゆうやく》を用いるのが特徴だ。

「さすがもも吉お母さんや、お目が高い。豊蔵《とよぞう》やからねえ、値もええですけどなぁ」

もも吉は、美都子の運転するタクシーで学問の神様・北野《きたの》天満宮にやって来た。

もも吉の着物はうす藤色で胡蝶《こちょう》の柄。燕地《えんじ》の帯には横笛が描かれ、帯締めはうすい藤色と、春のときめく香りが漂うようだ。

北野天満宮の御祭神《ごさいじん》は、菅原道真公《すがわらのみちざねこう》である。全国に約一万二〇〇〇社ある天神社・天満宮の総本社だ。幼い頃から才に長《た》けた道真は異例の出世を遂げ、右大臣《うだいじん》にまで上り詰めた。が、これを妬《ねた》まれ九州の太宰府《だざいふ》へ左遷《させん》される。失意のまま亡くなった後、都で次々と公家《くげ》たちが変死した。あげくに御所清涼殿《せいりょうでん》に雷が落ち、醍醐《だいご》天皇までもが亡くなってしまう。それを人々は、道真の怨霊《おんりょう》の仕業《しわざ》として鎮魂《ちんこん》のために北野天満宮を創建《そうけん》した。

少し離れた所に車を停《と》めて、美都子と並んでぶらぶらと歩く。天神さんと言えば梅だが、桜も知る人ぞ知る名所である。

今日は、天神市。境内の隅々から周辺の路上にまで、およそ千もの露店《ろてん》が出ている。タコ焼きや焼きそば、おでんなどの食べ物屋が目を引くが、有名なのは骨董《こっとう》や古着などを扱う玄人《くろうと》の店が多いことだ。もも吉は参拝の帰り、古くから顔なじみの骨董商「弥勒《みろく》や」に立ち寄ったのだった。

「いつも同じ清水焼の茶碗では飽きがくるさかいに、なんやないか探しに来たんどす。雪肌に、細かな緋色《ひいろ》の点々が浮かび上がって、ええどすなぁ」

「ほんまやお母さん。これにぜんざいよそったら小豆の色がきっとよう映《は》えるわ」

と、美都子も気に入った様子だ。

「そないしたら、これ貰《もろ》うときます」

もも吉は、値段も尋ねず数枚のお札を店主に差し出した。

「これで足りるやろか？」

「かんにんやもも吉お母さん、これは豊蔵や言うたやないですか」

豊蔵とは、美濃焼の陶芸家で人間国宝に認定されている大家《たいか》だ。

「あんた、うちを誰やと思うて、なにてんご言うてますんや。たしかに、これはようでけた茶碗や。そやけど、豊蔵やないことはちょっと焼き物知ったお人ならすぐにわかることや」

「てんご」とは京言葉で「冗談」のこと。もも吉がそう言うと、美都子が尋《たず》ねた。

「お母さん、それって贋作《がんさく》やいうこと？」

「が、が、贋作やなんて、そないな大きな声でやめてぇーな」

と、店主はあたふたして、両手を差し出して振った。

もも吉が、美都子に教えるように言った。

「贋作いうんは、最初から騙《だま》そう思って作った偽物や。これは、『写し』。荒川豊蔵《あらかわ》のええ作品を、誰か腕のええ若い陶芸家が勉強のために模倣《もほう》して焼いたもんや。つまり、騙そういう気持ちで作ったもんやない、いうことやな」

「う〜ん、かなわんなあ、もも吉お母さんには。たしかに、こないなところに豊蔵があるわけおまへん。もしあったら、南禅寺《なんぜんじ》の隣に別荘建ててますわ」

と、店主は茶碗を丁寧《ていねい》に、古布《こふ》で包み直して箱に仕舞い、もも吉に渡した。

「ほんまええ『写し』やで……ところでなぁ『弥勒や』はん」

もも吉は、店の脇に寄ると店主を手招きして囁《ささや》いた。店主は怪訝《けげん》な顔つきで、もも吉のすぐそばまでやって来る。美都子も、「何ごとか」ともも吉に尋ねる。

「お母さん、どないしはったんどす？」

「しっ！　静かに……」

もも吉は、店主と美都子にだけ聞こえるように、ヒソヒソと話す。

「さっきからうちの右の方にしゃがんで、ボーッと骨董眺めている御仁《ごじん》、お得意さんどすか？　あっ、そっち見たらあかん」

歳は五十半ばか。高価に見えるスーツを着こなしている。ネクタイこそしめていないが、シャツも仕立て品のようだ。ただ、うなじや耳元の髪の毛が伸びており、よほどしばらく理髪店に出掛けていないのではと思われた。

店主が、首をひねる。

「いや～、初めてのお客さんやなぁ。お母さんよりも前に来はって、ジィーとあそこに座り込んではるんや。『なんかお探しやろか？』っていっぺん尋ねたんやけど、『うん』と言わはるだけで……」

「なんやろね、お母さん」

と、美都子も不思議がった。まったく動かず、ボーッとしているのだ。

そんなやりとりをしていると、少し離れた所から、

「お父さ～ん」

と、呼ぶ男の子の声が聞こえた。もも吉らは、声の方に目を向けた。そこには、二人の子どもの手を引く母親が立っていた。男の子は小学一年か二年。女の子の方は、幼稚園の年少さんくらいだろうか。男の子が、また声を上げた。

「お父さ～ん！　大判焼き買《こ》うて～」

その声に、ようやく気付いたかのように、隣の男性が立ち上がった。妹も、

「食べたい、食べたい～」

とせがむ。父親は兄妹に微笑《ほほえ》んで見せたが、もも吉はそこに何やら淋しげなものを感じ取った。父親は、にべもなく答えた。

「いらん、また今度な」

しかし、男の子は、父親に駆け寄って、

「さっき、何でも買うてくれるて言うたやないか。買うて〜買うて〜」

と、上着の裾《すそ》を摑《つか》んで引く。

「いらん、いらん！　いらん言うたらいらんのや！」

急に怒鳴った父親に驚いて、妹が泣き出してしまった。母親は、慌《あわ》てて妹を抱き上げ、「よしよし」となだめた。もも吉は、「妙なことやなぁ」と思った。普通の母親なら、「あんた、買うてやったらええやないの」と言い、財布を取り出すはずだ。

その様子を見て、大判焼き屋の店主が声を掛けて来た。

「ぼん、よかったらコレ食べなはれ」

子どもたちよりも先に声の方を向いたのは父親と母親だった。母親が、

「……そ、そんな結構です」

と断った。父親は、戸惑っている様子。色黒な店主は、五分刈りに手拭《てぬぐ》いを巻いている。眉は太く鼻が大きく、いかつい顔つきだが、その声には温もりがあった。

「甘いもんは虫歯になるさかいあかんとか、子どもに贅沢《ぜいたく》させたらあかんとか、いろいろ家庭の教育方針もあるとは思うで。そやけどなー、今日は天神さんの縁日や。天神さんいうたら、菅原道真公、学問の神様やで。お参りしてこの大判焼き食べたら、きっと頭のええ大人になれる。お父さん、お母さん、一日くらい大目に見

てやってもええんやないか思うでぇ」

何があったのかと、通りがかりの数組の人が立ち止まって聞いている。父親も母親も、店主に言葉を返すことができないでいた。

「ぼん、こっちおいで」

「……うん」

男の子が、駆け寄る。

「これな、大判焼き作る時になぁ、あんこが外へはみ出してしもうて、売り物にならへんのや。そやから気にせんでええ。一つあげるさかい食べなはれ」

母親は、

「……おおきに」

と言い、ペコリとお辞儀をした。しかし父親は何やら憮然《ぶぜん》として、プイッと横を向いた。もも吉には、その大判焼きからあんこがはみ出しているようには見えなかった。それが、店主の粋《いき》な気遣いだと察し、心から敬服した。

男の子は、スーッと手を出して、大判焼きを受け取る。さっきまで泣きそうだったのに、子どもらしい満面の笑顔になった。

「おじちゃん、おおきに」

「かまへん、かまへん」

「あの〜もう一個、妹のもほしい」

男の子に店主が詫《わ》びる。

「ぼん、かんにんや。あんこはみ出たんは、一個しかあらへんのや」

男の子はちょっと残念そうな顔をしたかと思うと、妹の方を向き、

「待っててや」

と言い、その手で大判焼きを半分に割った。形は少々崩れてしまったが、半分を妹に差し出した。女の子は、受け取るなりすぐに口に運んだ。男の子も食べる。

「おいちぃ〜」

と妹。

「うん、おいしいなぁ」

と兄が答えた。母親が、大判焼き屋の店主に深くお辞儀をして、

「さあ、行こか」

と、歩み始めた。父親は、それに促《うなが》されてトボトボと付いて行く。ところが、数歩進んだところで、振り返った。と同時に踵《きびす》を返す。「弥勒や」の前まで戻り再びしゃがみ込む。そして、所狭しと品々が並ぶ店の、奥の方へと手を伸ばし掛けた。

店主が、話し掛ける。

「なんか、買うてくれはるんですか？」

が、父親は聞こえているのかいないのか、店主の存在にまるで気づかぬように、店の奥に寝かせてある一枚の木の看板を、そ～っとそっと撫《な》ぜた。あたかも、我が子の頭を撫でるようにして。もも吉はハッとして尋ねた。

「お兄さん、違《ちご》うてたらかんにんや」

父親が、もも吉の方を向いた。

「あんさん、ひょっとして……」

正面からその顔をよくよく見つめると、幾分若くはあるが、もも吉のごく親しい人物に面立《おもだ》ちが似ていた。


高志が京菓子司「蓬莱屋」に婿養子に入ることが決まると、一番に喜んでくれたのは勘ジイだった。その頃にはとうに退職していたが、ときおり社長から試作品の意見を求められて工場に顔を出すこともあった。勘ジイは、

「ぼん、これで好きな菓子が作れますなぁ。ええあんこ炊きなはれや」

と涙してくれた。一番に、高志の舌を認めてくれていたのが、勘ジイだった。しかし、社内で高志を担ぎ上げようとしていた者たちを「家訓《かくん》を曲げてはあかんで」と、陰で諫《いさ》めていたのも勘ジイだった。きっと、心の狭間《はざま》で悩んだことに違いない。

「ああ、美味しいあんこ作るで」

「あんじょうお気張りやす」

その勘ジイの言葉に送り出されて、新しい生活が始まった。

「蓬萊屋」当主である義父《ちち》は、とにかく諸手《もろて》を上げて歓待《かんたい》してくれた。

「ありがたい、ありがたい。高志君が来てくれたおかげで、看板降ろさんでも済む。よろしゅうなぁ」

高志は、これほど感謝されていることに報《むく》いなければと思った。その義父から、「どんどん新作の和菓子も作ってほしい」と頼まれた。早速、職人頭に「新作を……」と話をした。だが、「へえ」と答えるだけ。そう易々《やすやす》と、高志の意見が通らないことをすぐに察した。

老舗には守って来たものがある。それを直接的に守るのは現場の職人だ。なんとか彼らの心を解きほぐそうと思い、おくどさんで薪をくべる職人頭のそばで、一緒に大鍋を見守った。「蓬萊屋」でも、代々、薪であんこを炊いていた。

一時間、二時間……。

「そんなことでは余所者《よそもの》に騙《だま》されないぞ」という雰囲気が伝わって来た。それでも高志は、鍋で小豆が煮える様《さま》に寄り添い続けた。そんな高志に、初めて職人頭が、ぽつりと口を開いた。

「あんこ炊くんには、北山杉《きたやますぎ》に限るわ」

それは、独り言のようではあったが、間違いなく高志に話し掛けているように聞こえた。高志はチャンスだと思った。辛抱《しんぼう》強く粘った甲斐があったと。しかし、ここで大きな過《あやま》ちを犯してしまった。「ほほう、そうですか」と相槌を打てば良かったものを、「こちらはクヌギやないんですか?」と、言ってしまったのだ。そのとたん、職人頭の顔がゆがんだ。そしてもう二度と、高志と言葉を交わそうとはしなかった。

高志はその数日後、職人頭が四人の職人たちに愚痴《ぐち》をこぼすところを、偶然に工場脇の休憩室を通りかかって聞いてしまった。

「婿養子は婿養子さんらしゅう、大人しゅうしてたらええんや。それやのに、うろうろ工場に入って来て。ここはうちらがおるさかいになぁ」

それは、職人頭の声だった。すると、一番若い職人が言う。

「親方、そないしたら高志さんの言わはること聞かんでもええんですか? この家継いで、ご主人にならはるんでしょ」

「ほかしとき。どうせ、お嬢さんに男の子が生まれるまでのお飾りや」

別の職人が、窓越しに立ち聞きしている高志のことに気付いた。全員が、ばつの悪そうな顔をして仕事に戻った。職人頭も顔を背《そむ》けて工場へ戻って行った。

高志はここでも、自分の居場所がないことに気付いたのだった。

結婚前のように、高志は近くの喫茶店で本を読んだり、河原で水面《みなも》を眺めて暮らすようになった。とは言っても新婚だ。ときどき、沙知絵とお寺や美術館に出掛けた。買い物に行くと、もっぱら沙知絵の荷物持ちだった。洋服やバッグを次々と衝動買いする。カードはいまだに、義父の口座から落ちる。高志にそれを「ちょっと贅沢やないのか？」と窘《たしな》める権利はない。夫婦仲は良かったが、なかなか子どもができず「子宝祈願《きがん》」の神社を二人で巡った。

仕事がしたかった。バリバリと働きたかった。いっそ、離婚してもう一度、不動産業界へ就職し直そうかとも考えたが、その都度《つど》、義父の言葉を思い出す。

「看板降ろさんでも済む。よろしゅうなぁ」

自ら飼い殺しのような日々を送った。

その日も、いつものように喫茶店で新聞を読んでいた。すると、すっかり顔なじみになったマスターが何やら揉《も》み手《て》をするようにして話し掛けて来た。

「お願いがありまして……蓬莱屋さん」

「なんや気色《きしょく》悪い。いつも高志君て呼ばはるのに」

マスターは七十歳近い。まるで高志が本当の息子のように接してくれていた。

「うちが蓬莱屋さんから借りてる駐車場なぁ、もう一台空いてへんやろか。息子のお嫁さんが、自分の車欲しい言い出して。この辺に空きが無《の》うて困ってるんや」

「え、駐車場？　……」

高志には何のことかまったく理解できず、早々《そうそう》に帰宅すると義父に尋ねた。すると、驚くべきことがわかった。「蓬莱屋」は、市内にいくつかの空き地を所有していた。義父の先代の頃から、商いで利益が出ると土地を買っていたのだという。それも、投資ではない。商工会などの仲間で資金繰りに困る店が出て来ると、その都度融通した。その担保《たんぽ》としてもらったものや、頼み込まれて買い取ったものだという。

そのほとんどが、駐車場になっていた。高志は、「どうりで……」と思った。いくら歴史があるからといって、職人が数人しかいない和菓子屋の娘が、ブランド物の服を買いたい放題の生活ができるわけがないのだ。高志は、不動産会社で営業をしていた時の血が騒いだ。義父に、

「遊休地《ゆうきゆうち》の活用を僕にやらせてもらえんやろか」

と頼んだ。最初は渋っていたが、婿養子にへそを曲げられても困ると思ったのだろう。

「そないに言うんやったら、試しに一つだけやってみなはれ」

と許しを得た。京都の観光客が年々増加していた。もっともっとホテルが必要になる。これからは、大きなホテルではなく、若者を狙ったオシャレでリーズナブルなホテルが流行《はや》る。そう確信して、駐車場にホテルを建設した。建設資金は、義父が自分の預金から用立ててくれた。

これが当たった。すこぶる客室稼働率が高い。義父に、別の駐車場に二号館を立てたいと申し出た。しかし、もう預金がないという。それなら、と借入をして資金を調達することを認めてもらった。「大丈夫《だいじようぶ》かいな」と何度も聞かれたが、それが上手《うま》くいくと、もう何も言われなくなった。勢いがつき、次から次へとホテルを建てた。それを担保に資金を作り、次から次へと投資する。ビジネス向きのテナントビルや、飲食店ビルも手掛けた。資金は、いくらでも銀行が用立ててくれた。いつしか、「蓬莱屋」は、実質、不動産管理会社に様代わりしていた。

周りからは、「今道長《みちなが》」と呼ばれた。

「この世をばわが世とぞ思ふ望月《もちづき》の欠けたることもなしと思へば」

と詠《よ》んだ、あの藤原《ふじわらの》道長のことだ。

正月に実家の「風神堂」に顔を出すと、社員全員にのし袋を渡した。お年玉だ。中には三万円が入っている。そうすることで、兄を見返してやったという優越感に浸った。

そんなある日、長く病で臥《ふ》せっていた実家の父親が、危篤だと報《しら》せを受けた。心に垣根《かきね》があり、二、三度しか見舞ったことがなかった。

ベッドの脇で、「風神堂ではいらん子やったんが、今道長やで」と口に出しそうになるのを堪《こら》えた。寝たきりの父親に、そんなことを言っても自分がむなしくなるだけだからだ。

やがて、憎いと思っていた父親が亡くなると、心にぽっかりと大きな穴が空いた。父親を憎んでいた気持ちの置きどころがなく、それは何倍にもなって兄の丹衛門へと向かった。

「いつか見返してやる」

その思いを糧《かて》にして、ここまで頑張ってきたのだ。そして、その機会は、思うよりも早くに訪れた。

兄が「風神堂」の十八代目を継ぎ、四十九日法要《しじゅうくにちほうよう》の翌日のことだった。銀行の支店長がやってきた。てっきり、お悔《く》やみの挨拶《あいさつ》だと思った。ところが、話を聞いて驚く。風神堂は、いつ倒産してもおかしくない財務状況だったのだ。バブルの頃に、父親が多店舗化に乗り出した。バブルが弾《はじ》けて売り上げが急落。資金繰りが悪化したものの、亡くなった父親は銀行の提案するリストラに応じず、手を焼いていたという。

兄は、丹衛門の名を襲名《しゅうめい》早々、ピンチに追い込まれた。銀行から、二つの選択を迫られた。

一つは、身売りだ。老舗のブランドに魅力があり、東京の新興飲食チェーンが興味を示しているという。いま一つは清算。破産の申し立てをして「風神堂」を店仕舞《みせじまい》いする。

たまたま、父親の遺産相続の協議で実家を訪れていた高志も、さすがに驚いてしまった。いつも、厳格で誰をも寄せ付けなかった父親が、まさか借金まみれで悩んでいたとは……。

高志は、「見返す」チャンスだと思った。

「兄貴、お義父《とう》さんに頼んで『蓬萊屋』が支援しよか？」

藁《わら》にもすがりたいはずだ。兄はこの話に飛びつくと思いきや……。

「おおきに高志。そやけどそれはあかん。『蓬萊屋』はお前のもんやない。お前がご先祖様から預かっているだけや。うちのことは心配せんでもええ」

「心配せんでもって……どないするんや」

ここで、初めて高志は、兄を尊敬することになる。

兄は銀行へ出掛けて、「リストラを敢行《かんこう》するので、今一度の猶予《ゆうよ》を」と懇願《こんがん》し許しを取り付けた。代々引き継がれてきた文化財ともいうべき書画骨董《しょがこっとう》を処分した。一等地にある自宅も売り払い、家族四人で二間のアパートに引っ越した。

本社も工場、機械も、いったん売却して借入の返済にあて、リースにして経営を続けることにした。それでも半数以上の不採算店を閉じたことから、どうしても辞めてもらわなくてはならない社員が出てきた。それこそ土下座《どげざ》をして詫《わ》びた。すると、長年勤めている社員から、「いつか、迎えに来てくださいね」と言われ涙した。

何年もかかって、兄は「信用」を取り戻した。

高志は、心底感心した。

おそらく、自分なら投げ出していただろう。いつか兄を「見返してやる」と思っていたのに、兄が風神堂の再建を果たしたことで、尊敬の念を抱くことになった。味覚や頭では自分の方が勝《まさ》っている自信があった。しかし、経営者、いや人としての器《うつわ》は、兄の方が優《すぐ》れていたのだと確信した。

一方、高志夫婦には長い間子どもができず、後ろめたい気持ちに苛《さいな》まれていたが、ようやく子宝に恵まれた。男の子と女の子。これには、義父が一番に喜んでくれた。「高志君が来てくれたおかげで、看板降ろさんでも済む」と迎えてくれた義父に、報いることができて、ホッとした。

その少し後のこと、義父、そして義母を看取った。

何もかもが順風満帆《じゅんぷうまんぱん》と思ったのは束の間のこと、今度は高志に禍《わざわい》が降りかかる。突然、会社が傾いた。急激な投資を危ぶんだ外資系のメインバンクが、追加資金のストップを告げてきたのだ。アメリカ本社から日本法人に送り込まれたトップの判断だという。交渉の余地はなく、他の取引銀行にも見放されて破綻《はたん》した。

それは、あっという間の出来事だった。借金まみれでどうすることもできない。ふと気づく。それは、父親が多角化経営を突き進んで陥ったのと同じだった。高志は、「憎い」と思っていた父親から、まさかこんなところが遺伝していたとは皮肉なものだと苦笑いした。

それでも、せめて和菓子の店だけは残せないかと奔走《ほんそう》した。だが、職人頭が職人たちを引き連れ、沈み掛けた泥船から逃れるようにして出て行ったため、高志の思いは露《つゆ》と消えた。

さらにもう一つ、悲しい報せが入った。可愛がってくれていた勘ジイが亡くなったという。既に、ごく近親の者だけで葬儀をすませたとのこと。

高志は眼を閉じ、手を合わせ、ただただ勘ジイの冥福《めいふく》を祈った。

債権者に追いまくられ、「京菓子司　蓬萊屋」の看板のかかる京町家《まちや》を、真夜中にこっそりと立ち退《の》いた。最初は、持ちビルの事務所に家族四人で二月《ふたつき》ほどひそんでいたが、やがてそこも追い出された。

次は、若者向けのホテルの一室に移った、そこも数日で、出て行かねばならなくなった。それが、一昨日《おととい》のことである。

高志は、「もうこれで、人生をお仕舞いにしよう」と思った。自分の人生はいったいなんだったのか。そんなに世間様に悪いことをした覚えはない。神も仏もいないのか。それこそ、天に向かって「なんでや」と尋ねたりもした。

不憫《ふびん》だが、二人の子どもも道連れにすることにした。沙知絵に話すと、黙って頷いた。この時、高志は、沙知絵が違う言葉を口にすることを期待していた。

「あかん、あかん、あかんでお父さん。お金なんかなくても、どうにかなる。うちもパートでもなんでもして頑張るさかい」

と。沙知絵はお嬢さん育ちの上に、贅沢三昧《ざんまい》を続けてきた。貧しい思いを一度もしたことがないのだ。お金がない生活など想像もできないのだろう。高志は沙知絵のことを、せつなく悲しい女だと思った。いや……それは自分も同じだった。

最後に、子どもたちに楽しい思いをさせようと思った。仕事仕事で、ほとんど遊びに連れて行ってやれなかったからだ。

「ＵＳＪへ行こか」

と言うと、意外な返事が返って来た。二人とも「天神さんの縁日に行きたい」と言う。一度、お婆《ばあ》ちゃんと行ったことが楽しくて忘れられなかったらしい。これも道真公のお導きか。明日はその天神市だ。

「よ～し、好きなもん買《こ》うてやるで」

と言うと、

「うちは、バナナにチョコレートがかかってるやつ」

「僕は大判焼きや」

と、大騒ぎだ。このところ、食べるものにさえ苦労させてしまった。何でも不自由なく買い与えて来たから、ひもじかったに違いない。財布には、お金はわずかしか残っていないが、最後くらいは、楽しい思いをさせてやりたい。

高志は翌日、沙知絵と子ども二人を連れて、北野天満宮へと向かった。社用で使っていた車のキーを持っていたので、こっそり駐車場から借用して使っていた。もちろん、もう高志の物ではないのだが。

北野天満宮から少し離れたところへ駐車する。以前は、ひんぱんに接待などで使っていたお茶屋が軒を連ねる上七軒《かみしちけん》の花街《かがい》を通り抜け、東門から入った。

「さあ、好きなもん買うてええぞ」

と、子どもたちにお金を渡してやろうと思って青ざめた。

「え⁉　ない、ない……」

高志は茫然《ぼうぜん》とした。内ポケットに入れたはずの財布《さいふ》がないのだ。使えなくなったたくさんのカードの他、五万円ほどしか入っていなかった。でも、それが全財産だった。さっき、ぶつかった男がスリだったと気づくが、この雑踏《ざっとう》では見つかるはずもない。これでは、車にガソリンすら入れられない。つまり、丹波《たんば》の山奥まで行くこともできなくなってしまった。

「お父ちゃん、どないしたの？　早よ〜早よ〜」

「う、うん」

先を行く沙知絵と子どもたちの後をついて、ふらふらと人波を進んで行った。すると、ふと見覚えのある、いや見間違えようのない看板が目に飛び込んできた。

「蓬莱屋」

露店の骨董屋の店先には、茶碗やお皿、大黒さんの木像、矢立て、行灯《あんどん》など雑多な品が並んでいた。その一番奥に、横長のいかにも古めかしい欅《けやき》の木の看板が横たわっている。それは、つい先日まで店の入口に掲げられていたものだった。

（店が人手に渡ったあと、ここに流れ着いたとは……お、俺のせいで、代々の店を

潰してしもうた。お義父さん、お義母《かあ》さん、かんにんや、かんにん）
高志は、胸が締め付けられるように苦しくなった。

「どうぞ、狭いところやけどお掛けやす」

夫婦と、その子どもら兄妹は丸椅子に掛け、店内を物珍しそうに見回している。

父親が、骨董商「弥勒や」の店に横たえてある一枚の看板をいかにも愛《いと》おしげにそっと触れた時、もも吉は察した。

（間違いない。これは京極社長はんが言うてはった、弟の高志さんとその家族や）

京極社長から、他家に婿養子に行った弟の会社が倒産してしまい、一家が行方《ゆくえ》知れずになってしまったと聞いていた。警察に頼んだが、探してはくれなかった。

「高志が妙なこと考えてるんやないかと心配なんや」と、毎晩眠れぬ日々が続いているという。

そんな矢先、もも吉は天神市で、「もしや」と思う人物を見つけたのだった。

もも吉は、父親に声を掛けた。

「その子らに、麩もちぜんざい食べさせてあげまひょ」

「え⁉」

父親は、キョトンとしてもも吉を見た。畳《たた》み掛《か》けるようにして、もも吉が言う。

「そちらの看板に、多少ながらも縁のある者どす」

「……」

「ついて来なはれ。悪いようにはせぇしまへん」

もも吉は、訝《いぶか》しがる父親と、その家族を半ば強引にもも吉庵へ連れて来たのだった。おそらく、もも吉の有無を言わせぬ凛《りん》とした佇《たたず》まいに、気圧《けお》されたのだろう。

妹が眠そうな目をこすりながら、「お父ちゃん、お腹空《す》いた」と漏らした。兄の方も「僕も」とぽつりと言う。もも吉は並んで座る子どもたちに、

「ちびっと待っといてや」

と微笑み、奥の間へと下がった。

しばらくして、お盆に清水焼の茶碗を載せて戻る。

「うちの店の名物、麩もちぜんざいや」

茶碗から湯気《ゆげ》が立ち上る。子どもたちの目の色が変わった。ただし、一つきりだった。

「かんにんなぁ。材料が少ししか残ってへんかったんや。妹さんと二人でお食べやす」

男の子は、木の匙《さじ》を手に取り、父親そして母親の顔を交互に見た。母親が、「お

おきに……」と言い、涙ぐんだ。

「なんで泣いてるん？　お母ちゃん」

妹が心配そうに顔を見上げる。父親は、ずっと無言だ。

男の子がもも吉に、甲高《かんだか》い声で言った。

「おばぁちゃん、小さいお茶碗もろうてもええ？」

「小さいのか？」

「うん、お父さんとお母さんと一緒に四人で食べたいんや」

父親と母親がハッとして、瞳が大きく見開くのがわかった。父親が言う。

「何言うてるんや。そないなことしたら、ちびっとになってしまうで」

父親と男の子の眼が合った。

「ええんや、二人で食べるより、四人で食べた方がおいしいさかい」

父親と母親が眼を合わせる。

「あのな……僕な、さっき初めて知ったんや」

父親に代わり、もも吉が尋ねた。

「ぼん、何をや？」

「うん。僕んちはお金持ちやさかいに、お饅頭《まんじゆう》、いつでもぎょうさん食べれる。

一番好きなんは、阿闍梨餅《あじやりもち》や。いっぺんに六つ食べたこともある。夕飯食べられへんようになって、お母さんに叱られたけどな」

なんとも微笑ましい。もも吉は、

「ほんで？」

と話の続きを促した。

「さっきな、天神さんの縁日でおじちゃんに大判焼きもろうたやろ。そん時『なんや一個かいな』て最初は思うたけど、妹と半分ずつして食べてみて、びっくりしたんや。今までこないに美味しいもん食べたことないて。お父ちゃんもお母ちゃんも知ってた？　お饅頭ってな、一人で何個も食べるより二人で一個食べた方が何倍も美味しいんやな。それでな、ひょっとしたらな、ぜんざいも二人で食べるより、四人で食べた方が美味しいんやないかて思うたんや」

父親も母親も、言葉を失っている。

もも吉は急いで四組の小さめの茶碗と木匙を用意した。すると男の子が、危なげな手つきで、妹と両親の分を取り分けた。案の定、カウンターにポタリと小豆が落ち、みんなが「あっ」と声を上げた。

妹が、一番に匙を取った。

「お兄ちゃん、おいちい～」

「うん、おいしいなぁ」

母親も、

「美味しいなあ、よかったな」

と笑った。だが父親は、いつまでも口にしようとしない。もも吉は、父親に尋ねた。

「あんさん、ご家族連れて遠い所へ行かはるつもりなんやありまへんか？」

父親は、身体を小さく震わせてもも吉を見た。男の子が尋ねる。

「お父ちゃん、遠い所ってどこ行くん？」

もも吉は一つ溜息をついたかと思うと、裾の乱れを整えて座り直す。背筋がスーッと伸びた。帯から扇を抜いたかと思うと、小膝をポンッと打った。ほんの小さな動作だったが、まるで歌舞伎《かぶき》役者が見得《みえ》を切るように見えた。

「あんさん、間違《まちご》うてます」

「え？」

「ええどすか、幸せは一人でなるもんやない。家族みんなでなるもんや。ぼんが取り分けはった、ぜんざいみたいになぁ」

父親の、うつろで精の失《う》せた瞳に、一瞬、小さな光が射した。

ちょうど、その時だ。

ガラガラッと、表の小路に面した格子戸が開く音がした。トントンッと靴が飛び石を渡る音が聞こえたかと思うと、タクシードライバーをしている娘の美都子が店に入って来た。

「お母さん、遅うなりました」

「待ってたで」

「渋滞でちょっと手間取ってしもうて……お連れしました、さあさあ」

美都子の後から顔を出した男を見て、父親が眼を見開きスックと立ち上がった。

「兄貴！」

それは京極丹衛門だった。

「よかった～無事やったか」

戸惑う父親、いや高志に、丹衛門が笑顔で言った。それは心からホッとした、という溜息交じりの声だった。

「な、なんで……」

「大きゅうて店の中に入らへんのや。高志、ちょっと一緒に表に出てくれへんか」

そう言うと、丹衛門はまた店から出て行ってしまった。もも吉が、眼で「行きなはれ」と高志を促した。

突然に現れた兄に、高志は驚いて言葉が出ない。

さらに、いきなり「表に出ろ」と言う。わけがわからぬまま、付いていく。小路に出た。日の暮れかけた石畳に、どこからか桜の花弁が一片舞い落ちた。

「これや、これ」

兄の指さす方、格子戸の脇を見て驚いた。

「蓬莱屋」の看板が立て掛けてある。

「『弥勒や』さんから預かって来た。重かったでぇ。美都子ちゃんにも運ぶの手伝《てつど》うてもろうたんやけど、えらい目したわ」

「預かる？」

「そうや、買《こ》うたんやない、預かったんや」

高志は、意味がわからず答えられない。

「俺はなぁ、ずっと小さい頃から、お前の方が優秀やと思うて来た。俺は家庭教師まで付けてもらったのに成績は上がらない。なのに、外で遊び回っているお前は、天下の京大出や。それよりも何よりも、お前の舌が羨ましくて仕方がなかった。あんこをペロリと舐めただけで菓子の材料を言い当てたこともあったなあ。俺には、そんな真似《まね》はでけへん。お前の方が、『風神堂』継ぐにはふさわしい。そやのに、家訓とかに縛られて、どうすることもでけへん。親父に刃向かう勇気もない。ダメな兄貴や」

高志は、初めて聞く兄の気持ちに驚いた。

「お前が、俺のこと羨んでるのはわかってた。辛かった。そやけど、なんもしてやれへんかった。かんにんな、高志。かんにんな」

高志は、何も答えることができなかった。まさか、兄も自分と同じように悩んでいたとは思いもしなかった。

兄は、立て掛けてある看板を、「よいしょ」とひっくり返した。

「俺も知らんかったんやけどな、驚いてしもうた」

そう言う兄に、高志は聞いた。

「な、なんや？　驚いたて」

「ここや、ここ見てみぃ」

高志が、兄の指さす看板の裏側の端《はし》に目をやると、古く消えかかった墨の文字が見えた。

風神堂　京極丹衛門筆

寛政弐年

「え……寛政《かんせい》やて？」

驚く高志に、兄は言う。

「そうや、寛政や。これは『蓬萊屋』さんが創業した年や。『蓬萊屋』が『風神堂』から暖簾分けした時、おそらくお祝いにと、うちのご先祖様が看板を拵《こしら》えて贈ったんやろう。二百年以上、この年この日までよう残ったもんや。お前も知っての通り、なんべんも都は火事で燃えてる。うちの『風神堂』の看板は、幕末の蛤《はまぐり》御門《ごもん》の変《へん》の際に、店ごと丸焼けになってしもうて、作り直したもんやと聞いてる。それやのに、分家の『蓬萊屋』さんの看板が残ってるなんて奇跡としか言いようがない。きっと、代々の当主が火煙《ひけむり》の中、何度も看板抱えて逃げはったんやろうな」

高志は、看板に頬ずりをするように抱き付いた。

「かんにん、お義父さん。『蓬萊屋』守れへんかった。潰してしもうた」

高志は、後悔していた。

父親が憎い、兄を見返したい。

そんなねじ曲がった気持ちのせいで、事業を大きくすることにばかり目が行き、次の世代、息子へと店を繋いでいくことが頭になかった。

「今さらやけど……かんにん、かんにん」

高志は崩れ落ち、膝をついた。

「高志……」

兄が、肩にそっと手を置き言った。

「高志、頼みがあるんや」

「頼み……？」

「あのなあ、うちの会社をまた手伝《てつど》うてほしいんや。南禅寺に新しい店を出して、職人が足らんで困ってるんや。うちの工場で新作考えてもらえへんやろか。もちろん、あんこも炊いてほしいしな」

「兄貴……」

「そいでなぁ、ゆくゆく『蓬莱屋』の看板をもう一度掛け直さへんか。何年かかってもええ、うちらの生きてるうちになぁ」

「お父ちゃん」

息子の声に気が付いて見上げると、沙知絵が子ども二人を連れて、すぐそばに立っていた。

「沙知絵、もういっぺんやり直そう思う。力貸してくれるか？」

沙知絵がコクリと頷き、子どもたちを強く抱きしめた。その頬に涙が伝《つた》って石畳に落ちた。

高志も、あふれる涙を堪《こら》え切れずに天を仰いだ。

瓦屋根に傾いた春の月が、ぼんやりと滲《にじ》んで見えた。
すると、ふとそこに懐かしい顔が浮かび上がった。
高志は思わず、
「こないな歳やけど、一からあんこ炊く修業しようと思う。見守っててな」
と独り言のように話しかけた。
夜空で勘ジイが、「ぼん、気張りなはれや」と、やさしく微笑んだように見えた。

巻末特別インタビュー

著者・志賀内泰弘がもも吉《きち》お母さんに京都の美味《おい》しい甘《あま》いもんを尋《たず》ねる

第4巻の原稿もあと一歩というところで新幹線に飛び乗り、もも吉庵にやって来た。

「こんにちは」

「ようおこしやす、志賀内さん。そやけど忙《せわ》しおすなぁ。突然になんどすか」

「第3巻の巻末で、もも吉お母さんに美味しい麩《ふ》もちぜんざいの作り方を教えてもらって掲載しましたでしょ。そうしたら『早速《さっそく》作ってみました。最高でした』と大好評でして」

「それはよろしおしたなぁ」

「でも、『私は作るのは面倒だから、もも吉さんイチオシの京の甘いもんベストテンを教えてください』という依頼も届いたんですよ。第4巻の締め切りはギリギリだし、もも吉お母さんはメールをされないので、不躾《ぶしつけ》を承知で押しかけて来たわけです」

「いつも難儀なこと言わはりますなぁ。そやけど読者さんの頼みや言われたら嫌とは言えしまへん。うちにはベストテンなんて優劣付けるような無粋なことはでけしまへんけど、あくまでもうちの好みということで、いくつか挙げてみまひょ」

「どうかお願いします」

「まずは西陣の名店、塩芳軒《しおよしけん》さんの『久里最中《くりもなか》』からいきまひょか。上品な餡《あん》の中に刻んだ栗が入っていて、調和のとれた味わいなんどす。煎茶《せんちゃ》にも合いますけど、意外とコーヒーにも合うんどす。

祇園《ぎおん》からは鍵善良房《かぎぜんよしふさ》さんを紹介しまひょ。黒蜜につけていただく『くずきり』は、つるんとしたのどごしで、芸妓・舞妓らもみんな好きどすなあ。

麩嘉《ふうか》さんは生麩《なまふ》を京都御所へ献上《けんじょう》してきたお麩屋《ふや》さんどす。『麩まんじゅう』は、青のりを練りこんだ生麩でこし餡を包んで、笹で巻いてあるんえ。麩まんじゅうのお店はいくつかありますけど、うちはこれが好きどすなあ。

中村軒《なかむらけん》さんの『麦代餅《むぎてもち》』も忘れたらあきまへん。自家製のつぶ餡は、ガス火やのうておくどさんで炊《た》いてはるんどす。おくどさん言うんはかまどのことや。薪《まき》をくべて、ことこと炊いた餡をつきたてのお餅でくるんだ柔らかさが、なんとも言えまへんのや。

栖園《せいえん》さん（大極殿本舗《だいごくでんほんぽ》　六角店《ろくかくてん》）でいただく『琥珀《こはく》流し』も女性に人気どすえ。口に含むと崩れるような柔らかい寒天を、月ごとに代わる蜜でいただきます。一月は白みそ、二月はココア、三月は甘酒、四月は桜……、うちは九月のぶどうの蜜が好きやなあ。

そうや、笹屋守栄《ささやもりえ》さんの『平野の桜』も外せませんなあ。上部はほんのり桜色、下部は陰影が深いこしあんの羊羹《ようかん》で、まるで夜桜のような美しさに思わず見惚《みと》れてしまいますなあ。

亀屋清永《かめやきよなが》さんは巾着型《きんちゃくがた》の『清浄歓喜団《せいじょうかんきだん》』で知られてますけど、うちは『月影《つきかげ》』をよう求めます。黒砂糖で練り上げた半月型の羊羹にくるみが浮かんで、甘味の中にも香ばしいアクセントが効いてますんや。

まあ、せやけど、好みは人それぞれ、ここに挙げたんは、あくまでもうちの好きな甘いもんやさかいに。志賀内さんもお好きなんがあるんやないですか。

え？　風神堂《ふうじんどう》の『風神雷神《ふうじんらいじん》』は挙げなくてええんかて？　それは京極社長はんも秘書の朱音《あかね》ちゃんも仲良しやし、お薦《すす》めどす。え!?　どこで買えるんかて？　それはこの物語の中でよう味わっておくれやす」

「もも吉お母さん、おおきに。私も食べたくなって来ました。これから買って帰ろうかな」

「志賀内さん、早よ帰らんと締め切りに間に合わへんのと違いますか？　また編集長に叱られますえ」

「あ、そうだった。今夜は徹夜ですよ。じゃあまた」

「忙《せわ》しないお人やなあ。お気張りやす」

著者紹介
志賀内泰弘（しがない　やすひろ）

作家。

世の中を思いやりでいっぱいにする「プチ紳士・プチ淑女を探せ！」運動代表。月刊紙「プチ紳士からの手紙」編集長も務める。

人のご縁の大切さを後進に導く「志賀内人脈塾」主宰。

思わず人に話したくなる感動的な「ちょっといい話」を新聞・雑誌・Ｗｅｂなどでほぼ毎日連載中。その数は数千におよぶ。

ハートウォーミングな「泣ける」小説のファンは多く、「元気が出た」という便りはひきもきらない。

ＴＶ・ラジオドラマ化多数。

著書『5分で涙があふれて止まらないお話　七転び八起きの人びと』（ＰＨＰ研究所）は、全国多数の有名私立中学の入試問題に採用。

他に「京都祇園もも吉庵のあまから帖」シリーズ（PHP文芸文庫）、『№1トヨタのおもてなし　レクサス星が丘の奇跡』『なぜ、あの人の周りに人が集まるのか？』（以上、PHP研究所）、『なぜ「そうじ」をすると人生が変わるのか？』（ダイヤモンド社）、『ココロがパーッと晴れる「いい話」気象予報士のテラさんと、ぶち猫のテル』（ごま書房新社）、『人生をピカピカに 夢をかなえるそうじの習慣』（朝日新聞出版）、『眠る前5分で読める　心がほっとするいい話』『眠る前5分で読める　心がスーッと軽くなるいい話』（以上、イースト・プレス）、『365日の親孝行』（星雲社）などがある。


目次、登場人物紹介、扉デザイン――小川恵子（瀬戸内デザイン）

この物語はフィクションです。

本書は、月刊『PHP』（2019年10月号）、PHP増刊号（2021年7月、10月号）に連載された「京都祇園『もも吉庵』のあまから帖」に大幅な加筆をおこない、書き下ろし「萩の寺 恋は子猫に誘われ」「深かりし 母の想いや山紅葉」を加え書籍化したものです。

ＰＨＰ文芸文庫　京都祇園もも吉庵のあまから帖４

2021年９月21日　第１版第１刷

著　者　　志賀内泰弘
発行者　　後藤淳一
発行所　　株式会社ＰＨＰ研究所
東京本部　〒135-8137 江東区豊洲5-6-52
第三制作部　☎03-3520-9620(編集)
普及部　☎03-3520-9630(販売)
京都本部　〒601-8411 京都市南区西九条北ノ内町11
PHP INTERFACE　https://www.php.co.jp/
組　版　　有限会社エヴリ・シンク
印刷所　　図書印刷株式会社
製本所　　東京美術紙工協業組合

©Yasuhiro Shiganai 2021 Printed in Japan
ISBN978-4-569-90157-2
※本書の無断複製（コピー・スキャン・デジタル化等）は著作権法で認められた場合を除き、禁じられています。また、本書を代行業者等に依頼してスキャンやデジタル化することは、いかなる場合でも認められておりません。
※落丁・乱丁本の場合は弊社制作管理部（☎03-3520-9626）へご連絡下さい。送料弊社負担にてお取り替えいたします。

PHP文芸文庫

京都祇園もも吉庵のあまから帖

志賀内泰弘 著

京都祇園には、元芸妓の女将が営む「一見さんお断り」の甘味処があるという——。ときにほろ苦くも心あたたまる、感動の連作短編集。

PHP文芸文庫

京都祇園もも吉庵のあまから帖2

志賀内泰弘　著

もも吉の娘・美都子の出生の秘密とは？

京都祇園の甘味処「もも吉庵」を舞台に繰り広げられる、味わい深い連作短編集、待望の第二弾。

PHP文芸文庫

京都祇園もも吉庵のあまから帖3

志賀内泰弘 著

忽然と姿を消したかつての人気役者が祇園に現れたわけとは？　祇園の甘味処に集う人々の哀歓を描いた人情物語、急展開の第三巻。

PHPの本

5分で涙があふれて止まらないお話

七転び八起きの人びと

志賀内泰弘 著

月刊誌『PHP』の連載で大人気だった読み切り小説を書籍化。あたたかい人情あふれる商店街を舞台にした感動の物語。感涙必至の一冊。

PHPの本

NO.1トヨタのおもてなし

レクサス星が丘の奇跡

志賀内泰弘 著

接客、メンテナンス、アフターサービスを通しておもてなしに徹し、ゼロから立ち上げ日本一になった「レクサス星が丘」の奇跡を紹介する。

PHPの本

「いいこと」を引き寄せるギブ&ギブの法則

志賀内泰弘 著

与えても見返りを期待しない「ギブ&ギブ」。その真理に気づいたとき、風前の灯だった島は息を吹き返す！　自己啓発サクセスストーリー。

PHP文芸文庫

第6回京都本大賞受賞作品

異邦人《いりびと》

原田マハ 著

京都の移ろう四季を背景に、若き画家の才能をめぐる人々の「業」を描いた著者新境地のアート小説にして衝撃作。

PHP文芸文庫

京都東山「お悩み相談」人力車

キタハラ 著

夢は捨てた。彼女にも愛想をつかされた。唯一残った人力車夫の仕事で、彼は京を走る！　軽快な筆致で描く、人生宙ぶらりん男の再生物語。

PHP文芸文庫

京都下鴨《しもがも》なぞとき写真帖(1)〜(2)

柏井 壽 著

ふだんは老舗料亭のさえない主人でも、ひとたびカメラを持てば……。美食の写真家・金田一ムートンが京都を舞台に様々な謎を解くシリーズ。

PHP文芸文庫

京都西陣なごみ植物店(1)〜(4)

仲町六絵 著

「植物の探偵」を名乗る店員と植物園の職員が、あなたの周りの草花にまつわる悩みを解決します！　京都を舞台にした連作ミステリーシリーズ。

PHPの「小説・エッセイ」月刊文庫

『文蔵』

年10回(月の中旬)発売　文庫判並製(書籍扱い)　全国書店にて発売中

◆ミステリ、時代小説、恋愛小説、経済小説等、幅広いジャンルの小説やエッセイを通じて、人間を楽しみ、味わい、考える。
◆文庫判なので、携帯しやすく、短時間で「感動・発見・楽しみ」に出会える。
◆読む人の新たな著者・本と出会う「かけはし」となるべく、話題の著者へのインタビュー、話題作の読書ガイドといった特集企画も充実!

詳しくは、PHP研究所ホームページの「文蔵」コーナー(https://www.php.co.jp/bunzo/)をご覧ください。

文蔵とは……文庫は、和語で「ふみくら」とよまれ、書物を納めておく蔵を意味しました。文の蔵、それを音読みにして「ぶんぞう」。様々な個性あふれる「文」が詰まった媒体でありたいとの願いを込めています。